JN098454

TAKE
SHOBO

異世界で推しの溺愛が止まりません!

転移したらめっちゃ愛されヒロインでした♡

藍井 恵

Illustration
蜂 不二子

蜜猫
Novels

contents

イラスト／蜂不二子

異世界で推しの溺愛が止まりません！

転移したらめっちゃ愛されヒロインでした♡

序章

「リサ……」

名を呼ばれて理沙が顔を上げると、そこには理沙の大好きなファーガルの凛々しい双眸《そうぼう》があった。薄暗く狭い洞窟《どうくつ》のような場所だったが、深みのある青い瞳は内なる光で輝いている。

「これ、リサにあげる」

ファーガルがポケットから取り出したのは銀の指輪で、そのヘッドには彼の瞳のような青い宝石がきらめいていた。

「こ、こんな高価なもの、もらえないわ……」

理沙が戸惑っていると、ファーガルに手を取られる。ファーガルがリサに真剣な眼差しを向けてくるものだから、理沙は目が離せない。

「リサ、俺、リサが大人になったら結婚したいんだ。今はせめて、これだけでも受け取ってくれないか?」

第一章　推しが魔法使い⁉

「え？　大人になったらって？　私、もう大人よ」

そう答えて目を開けたら、理沙は六畳一間の自室のベッドの上で、縦長の抱き枕をぎゅっと抱きしめていた。

――私の夢ってほんと、願望がだだ漏れ……。

理沙の眼前にあるのは、アニメ『神々の暁』のファーガルの青い瞳。この抱き枕は、ファーガルの等身大イラスト入りなのだ。

「ファーガル……まさか、あなたまで死んじゃうなんて……」

八ヵ月前に母を亡くして以来、本当にろくなことがない。

母子家庭で、母が働いていたので、理沙が家事を手伝い、女二人、力を合わせてやってきた。

短大卒業後、念願のジュエリーショップに就職してやっと母親を楽にさせられると思った矢先、母が亡くなった。

それでも、理沙は心を奮い立たせて仕事を頑張ってきた。元々、水晶などの天然石が好きで、望んで入った会社だったというのもあるが、頑張れたのは、入社を誰よりも喜んでくれたのが母親だったというのが大きい。

それなのに、店長が慰めてやるなどと言っては、たびたびセクハラをしてくる。

適当にかわしていたが、昨晩、閉店後二人きりになったところでせまられ、理沙は貞操の危機を感じ、店長の足を引っかけて倒した。

すると、『おまえのせいでケガをした』と、店長に非難され、理沙のほうの分《ぶ》が悪くなってしまった。

それだけでも落ち込むのに十分なのに、母を亡くしてから心の支えにしていたファーガルというアニメキャラクターが、さっきの放送回で命を落としたのだ。

——私の唯一の癒しが……。

それでも理沙は明日、店に出勤しないといけない。店長の下卑《げび》た笑みが頭に浮かんで絶望的な気持ちになる。

理沙は、抱き枕のファーガルの顔をまじまじと見つめた。思いやりのある優しい目をしている。この抱き枕がどれだけ救いになったことか。ここ五ヵ月、母が恋しくなっては、ファーガルに抱きついて泣いたものだ。

だが、命を落とすシーンを観た今となっては、微笑を浮かべる抱き枕のファーガルを見ても、刃に倒れたときの無念そうな表情しか頭に浮かばない。

大勢の敵がいる神殿に一人で乗り込む前、彼の愛する女神が心配して、ほかの戦士たちも連れて行くよう勧めたというのに、ファーガルは自身の力を過信していた。

──そういう自信家なところもファーガルっぽくていいといえばいいんだけど……。

だが、生きて『神々の暁』の中でもっともっと活躍して、いろんな顔を見せてほしかった。

じわっと理沙の瞳に涙がにじむ。

──ファーガル、もうここはいや！ 私も連れて行って!!

理沙はファーガルをぎゅっと強く抱きしめる。

が、いつもと感触が違った。ふかふかではなく、ごつごつである。

──ん？

理沙が恐る恐る目を開けると、いつも通り、ファーガルの顔がある。だが、いつもと全く違っていた。立体的である。

──生きてるみたい！

ファーガルが目を瞬《しばた》かせた。

──動いた!?

抱き枕にプリントされただけだったはずのファーガルが三次元になって目の前にいた。しかも、切なげにこんなことを言ってくる。

「会いたかった……！ ずっと会いたくて気が狂いそうだった」

理沙は現実があまりに辛くて幻影まで見始めたのかもしれない。だが、それでもいい。誰かにすがらずにはいられない。

「私もよ！」

「リサ！」

しかも、理沙の名前を呼んで、ぎゅっと抱きしめ返してくれた。

「ファーガル……！」

理沙が感極まって名を呼んだというのに、ファーガルが少し顔を離して不思議そうに見つめてくる。

「言語の変換がうまくいっていないようだな。リサ、もう一度、俺の名を呼んでくれないか。リサが再びファティスと呼んでくれる日をどれだけ待ち望んだか！」

ファーガルもといファティスの口調が切実だったので、理沙の胸は、どくんと波打つ。

「ファ、ファティス……？」

ファティスが泣き笑いのような表情になった。ラピズラズリのような濃い青色の瞳が喜びにきらめいている。

「……リサ、本当に俺の腕の中にリサがいるんだな？」

――死ぬ……。

推しなんて、拝んだり妄想したりするだけでしんどいのに、現実で恋人みたいなことをされたら、息の根が止まりそうである。

理沙が固まっていると、ファティスが横寝のまま、艶《つや》っぽく瞳を半ば閉じ、理沙の腰をぐいっと引き寄せた。

――こんな恋人みたいなこと……妄想の中でしかなかったのに……。

今日は妙にリアルである。

「今まで、一人でよく頑張った」

ねぎらうような笑みを向けられたが、ファティスは全裸である。がっしりとした鋼のような体をもっと見ていたい気もするが、恥ずかしいので顔を見るのに集中した。

「あ、あの……なぜ服を着ていないのでしょうか？」

全裸なのに堂々としているファティスが、小さく頷《うなず》いてこう答える。

「服は転移できないんだ。本体だけしか移動できない」

「で、でも、今、目のやり場に困るから」

「恥ずかしがりやだな」

可笑《おか》しそうに小さく笑うと、ファティスがちらっと背後の抱き枕に目を遣る。

「俺の身代わりまで作って……この俺の絵と同じ格好でいいな？」

その瞬間、ファティスが、鎖帷子《くさりかたびら》にタータンチェックのマントを羽織った、ケルト戦士のような格好に変わり、いよいよ見た目がファーガルになった。

「すごい……魔法みたい」

「今さら何を……魔法だよ？」

呆れたようにそう言ってから、ファティスが理沙に熱い眼差しを向けてくる。

「そうだ。魔法で元の世界に戻ろう。俺はかなり魔法の腕が上がったんだ」

「……元の世界？」

「ああ。リサは、交通事故で亡くなったばかりの少女の中に入り込んで、理沙としてこの世界で生きてきたんだ。あれから六年！　六年だ。会えなくて、いつ会えるかもわからなくて……どれだけ苦しかったか……！」

ファティスが辛そうに双眸を狭めた。

確かに理沙は六年前、十四歳のとき、交通事故で心臓が停止したことがあると母から聞いたことがある。というか、しょっちゅう聞かされては、車にだけは気をつけてと口を酸っぱくして言われた。

あの事故のことを言っているのだろうか。理沙は事故のショックでそれまでの記憶がかなり曖昧になってしまった。ファティスの話が正しければ、違う人と入れ替わったからなのかもしれない。

「お母様はどうしてるんだ？　お礼を言いたいな」

ファティスがベッドの上で上体を起こしたので、リサも慌てて身を起こす。

「母は、昨年亡くなったんです……」

彼の太い腕が理沙の背に回り、彼の大きな体に包まれる。

――背、高い……。

「そうか。それで俺を呼ぶのが遅くなったんだな。いいお母様で……よかった」

「う……うん」

理沙は泣きそうになってしまう。まさかファーガルに似た男性《ひと》から直接、慰めてもらえるとは思ってもいなかった。

「帰ろう、リサ」

──あったかい……。

体だけではない、心が温かい。理沙がこんなに和《なご》やかな気持ちになったのは久しぶりだった。

──妄想だろうけど、一時《いっとき》だけでもいいから、こうしていたい。

「リサ、寂しかったのか？」

「うん……そう……寂しかった……」

母を亡くしてからというもの、この家には誰の体温も声もない。だから、テレビをつけ放しにして、生まれて初めてアニメにはまった。

「俺もだ……」

意外な言葉に理沙が上向くと、鼻が触れるくらいの距離に彼の顔がある。切なげに半ば閉じられた瞼の下で彼の深い海のような瞳が揺れている。

「リサ、ここにいると、俺、消耗するんだ。早く帰ろう」

理沙は我に返って、ファティスから顔を離した。

「え、えっと……さっきから帰るって、その、あなたの元の世界って、アニメの『神々の暁』みたいな、ケルト神話を土台にしたような世界のことなんでしょうか？」

──アニメの世界に行って、目の前でファティスが殺されたりしたら……！

彼が死ぬところを想像して、理沙は背筋を凍らせた。しかも、今度は二次元ではなく、三次元なのである。立ち直れそうにない。

「神々の暁？　ケルト？」

ファティスが怪訝そうに眉をひそめた。

「あっ、ご自分のいる世界のことなんて客観的に見れないですよね？　そうだ、見てください。この部屋を」

ファティスがベッドに座ったまま部屋を見渡した。

この部屋は、天井にはポスター、壁にはカレンダーやポスター、机上にはアクリルスタンドと、アニメ『神々の暁』のグッズであふれかえっていた。どのファーガルもタータンチェックのマントを着用している。

「……俺の顔ばかりだ」

――やだ、恥ずかしい！

「ち、違うんです！　背景とか服とか、世界観的なことなんですよ！　こういうのをケルトっぽいって言うんです」

「そうか……。リサ、そんなに俺と会いたくて、俺に似た顔の絵を集めていたんだな」

ファティスが眉を下げて口の端を上げた。

――こういう表情もいい……じゃなくて……呆れられてるわ！

「え、いや、そうじゃなくて……あなたがアニメの世界とシンクロしている存在で、元の世界に戻ったら、ファーガルのように危険な目に遭うんじゃないかって、私、心配してるんです」

――だって、ファーガルを呼んだらファティスが来たんだもの……。

ファティスはもしかしたら、死ぬ直前のファーガルなのではないだろうか。

アニメでファーガルが死んだことが彼の未来を暗示しているようで、本人に伝えるに伝えられない。

ファティスがわずかに目を見張ったかと思うと、やがて頷くように顔を伏せた。笑っているように見える。何か納得したような安堵したような笑みだった。

「リサらしいな。相変わらず他人《ひと》のことばかり心配して」

――理沙らしい？

「え、らしいって、私のことを知っているんですか？」

ファティスが理沙の二の腕を掴んで、体を離した。愕然とした表情で理沙を見下ろしている。

「俺のこと……もしかして忘れているのか？」

忘れたとは言えない気迫を感じ、理沙は口を噤んだ。

「忘れたんだな？　それなのにどうやって俺を呼んだんだ？」

「呼んだ？　私が？　ここにいたくないとは思いましたけど……」

「リサ、この世界でそんなに辛いことがあったのか⁉」

ファティスの瞳が驚きで見開かれると同時に悲しげになる。理沙のことを本気で案じてくれているようで、理沙は彼を信用してもいいと思った。

「いろいろ重なってしまって……」

「それなら、いよいよ早く戻ろう。戻れば思い出す」

「その……あちらの世界に行けば、あなたとの過去を思い出せると言うんですか?」

「ああ。そのはずだ」

ファティスの青い瞳は凛として、薄くも厚くもない唇は引き結ばれ、意志の強さを感じさせる。

こんな素敵な人と過ごしたことがあるなら、思い出してみたい。

「リサ、この世界に何か未練があるのか?」

「未練?」

母を亡くし、推しも亡くし、店長にセクハラされ……この世界に未練など、何もなかった。

「……ありません」

「そうか……なら、リサ、元いた世界に戻ろう。俺、これ以上ここにいると、君を連れて転移する力がなくなりそうだ……」

そういえば、さっきも、ここにいるだけで消耗するようなことをファティスが言っていた。

「そんなに切羽詰《せっぱ》まっているんですか?」

「ああ……」

ファティスが片目を細め、しんどそうな表情になった。

「あ、あのよかったら……何か飲み物でも……」

理沙がそう言ってベッドから下りようとしたところ、手首を掴まれる。

「……介抱してくれるのか?」

虚《うつ》ろに半分閉ざされた眼《まなこ》は艶《つや》めいていて、理沙はごくりと唾を飲み込む。

「え？　……ええ」

理沙は、ベッドに腰を下ろした。

「なら、……キスしてくれ」

ファティスは苦しそうに見えるが、頼まれた内容は冗談としか思えない。

「本気で心配してたのに……」

理沙が不満げにそう言うと、ファティスが肩を抱いてきた。

「頼む……」

呻くように言ったファティスの横顔を見たそのとき、理沙の頭の中に、突如《とつじょ》として少年の横顔が浮かんだ。長い髪を後ろで括っているが、今のファティスにもどこかしら似ている。

――私、やっぱりこの人のことを知っている!?

理沙は気づいたら、吸い寄せられるように彼の頬にくちづけていた。

――え？　私……なんでこんな大胆なこと……!?

自分の行動が信じられなくて、理沙が動揺していると、ファティスがフッと小さな笑みを漏らす。

「頬か……リサらしいな。でも頬なんかじゃ回復しないよ」

ファティスがもうこれ以上待てないとばかりに、首を伸ばして理沙の唇に唇をかぶせてきた。

――えええ？

彼の口のほうが大きく、食らいつかれたように感じる。驚きで少し開いたままの唇の隙間から、彼の肉厚な舌が入り込んできた。その舌に奥まで埋め尽くされると、理沙は、まるで彼とひとつになったような心地がした。

――何……この感覚……。

彼に魂でも抜き取られたかのように頭に靄《もや》がかかっていく。しかも、ぼんやりした頭の中で、遠い昔にもこんなことがあったような気がした。

どんどん力が抜けてきて身を起こしたままでいることが難しくなっていく。後ろに倒れそうになったところで、理沙は、ファティスに抱きかかえられた。

理沙を支えるファティスの腕は、さっきとは打って変わって力が漲《みなぎ》っている。

ファティスが舌で口内をまさぐるのをやめ、唇を少し離す。

薄く開けた瞼《まぶた》の隙間から見えたファティスの瞳は蕩《とろ》けるように優しく、何か美味《おい》しいものでも食べたあとのように、上唇を舐めている。その表情は妙に艶《なま》めかしかった。

その仕草に、理沙はぞわぞわと未知なる快感が背筋を這い上がっていくのを感じていた。

「リサ、ここまですごいなんて……」

――すごい？

初めてのキスで、されるがままだったので、理沙は意味をとらえかねる。

ファティスの腕に力強く腰を抱き寄せられ、胸と胸は触れ合い、理沙の目の前に彼の顔がある。

半ば閉じた青い瞳に、長い漆黒の睫毛がかかっていた。

――この人、本当に美形だわ。

ファーガルのような二次元の絵とは全然違う。生きた美しい彫像のようだ。

理沙はいつの間にか、ずっと前からファティスとともにいたような感覚に陥っていた。

「ファティス、私、あなたの世界に行きます」

その刹那《せつな》、ぎゅっとファティスに抱きしめられ、頭上に頬を寄せられる。誰かの温《ぬく》もりに包まれるというのは、こんなにも幸せなことなのかと、理沙はつくづく実感した。この幸せは手離せそうにない。

「やっとリサといっしょになれる」

そのとき、スマートフォンの通知音が聞こえてきた。

「あ、少し待ってください」

ベッドの端に置いたままのスマートフォンを理沙は手に取る。

「この世界の友だちにメッセージを送るのか?」

「ええ。そんな感じです」

理沙はスマートフォンのＳＮＳの画面を開く。交流している人たちのアイコンが並び、皆が推しを亡くした理沙を心配してくれている。理沙はアニメ『神々の暁』のオフ会に三回参加したことがあり、アイコンを見れば、メッセージをくれた本人の笑顔が目の前に浮かぶくらいの仲だ。

理沙はきゅっと胸が締めつけられそうになるが、スマートフォンをのぞき込むファティスの顔を一瞥《いちべつ》し、決意を新たにする。

『推しがいなくなったので、ほかの世界に旅立ちます』

このメッセージを読めば、皆、理沙がほかの沼にはまったと思うだろう。

「これで、私がいなくなっても大丈夫です」

理沙がスマートフォンをポケットにしまい、ファティスを見上げると、満足げな笑みが返ってくる。

「そうか。では、行くぞ？」

ファティスの大きな体に包《くる》まれ、理沙は目を瞑《つぶ》った。

第二章　異世界デビュー

理沙が目を開けると、鼻と鼻が触れるくらいの近さに、ファティスの顔があった。彼の青い瞳が朝陽《あさひ》を受けてきらきらきらとしている。

——きらきらって……どういうこと？

さっきまで夜だったはずだと、理沙は慌てて上体を起こす。

木の枝の枠で囲まれた窓から見えるのは紅葉した木々。明るい光を受け、風に揺らめいている。

この部屋は樹木の息吹が感じられるような有機的な設計で、天井には採光ガラスがあり、そこから入る光が照らすのは、理沙とファティスのいる——ベッドだった！

しかも、ファティスだけでなく理沙まで全裸！

理沙はキャーッと叫んで、手近のブランケットを慌てて手繰り寄せ、肩から体の前に掛けた。

「なんでベッドの上なんです？」

理沙が抗議めいた声を上げたというのに、ファティスが気怠《けだる》げに身を起こし、理沙の唇に軽く触れるだけのキスをした。

これはただのキスではない。理沙の人生で二度目のキスだ——。

それなのに、何度もしたことのあるカップルのような自然なキスだった。

「服を着たまま転移できないって言っただろう？　だから、転移先としてベッドが一番自然ってわけ。おかえり、リサ」

慈愛に満ちた笑みを向けられ、リサは胸をドキドキさせてしまう。

――だって推しにそっくりなんだもの……。

「リサにあげた指輪、俺がずっと持っていたんだ」

ファティスがリサの左手を取り、薬指に指輪をはめた。

ヘッドの宝石は透明感のある青だ。理沙は顔の前に掲げて手をくるくるとさせる。光が当たる面が鮮烈に輝く。

「きれい。合成じゃない……天然の、ブルークオーツ。ファティス、こんなすごいものを私に……!?」

リサは驚いてファティスを見上げた。彼が満足げに頷く。

「青水晶だよ。俺といっしょに、ずっと持ち主を待っていたんだ」

ファティスに指輪をもらったときのことを思い出そうとすると、リサはなんだか甘酸っぱい気持ちになる。だが、その情景は全く浮かばず、すぐ頭の中に霧がかかった。

「これをくれたとき、ファティスは何歳だったんですか？」

「俺は十六歳で、リサは十四歳だ」

「え？　そんな歳《とし》で指輪を……？」

「ああ。まだ結婚できる年齢じゃなかったけど、好きだったから」

ファティスが少し照れたように目を伏せた。

「……そ、そうですか」

リサまで照れくさくなって下を向くと、今までなかったでっぱりが目に入る。胸が大きくなっていた！

驚いて、壁面に立てかけてある木枠の姿見をのぞき込むと、髪は黄金《きん》色に、瞳はサファイアのような青に変化している。

——外人さんみたい……きれい。

しかも、スタイルがいい。腰が細く、全体的にすらっとしているのに、出るところは出ているのだ。

リサは思わず鏡に映る美女の胸を揉んでみた。揉んでから、この乳が自分のものだと、自分でびっくりする。

——大きい胸って重いのね……。

肩が凝りそうだと思ったところで、ひんやりとしたものがリサに触れた。

背後から伸びてきた彼の大きな手で両乳房を覆われていた。ブランケットが肩から落ちる。

「……あ」

ふたつのふくらみを掌で撫でられていくうちに、理沙はだんだん変な気持ちになっていく。乳房の先端にきゅっとしこったような感覚が訪れた。

「な……何、これ……」

「リサ……こんなに大人っぽくなって……変わっていくリサを見ていたかった……」

ふわふわの金髪を片方にまとめて前に垂らされ、背後からうなじに、ちゅうっと強く吸うようなくちづけをされた。

「……ふぁ……」

乳首を指先で転がしながら、ファティスがこんなことを言ってくる。

「ここ、硬くなってきているよ……可愛《かわい》い」

「え……どうして……？」

異世界だと、体にこんな奇妙な変化が起こるのだろうか。

「んんっ」

乳房の中心に電流のような強い快感が奔《ほとばし》り、リサはぎゅっと目を閉じた。

「ファティス……どうして……ぁ……」

リサが胸に視線を落とすと、両乳首がねじったり引っ張ったりされていた。彼の指で形を変える胸はとても淫《みだ》らで、リサはますます体中が敏感になっていくのを感じる。

「こ……この体……やっぱり……変……」

「変じゃない。美しいよ」

リサは後ろに倒され、ベッドで胡坐《あぐら》をかくファティスの大腿の上で横抱きにされる。

彼の美しい顔が近づいてきて、キスされるのかと思い、目を瞑ると、乳房の先端に生温かいものが触れ、強く吸われる。

「あ……だめ……これ……」

愛撫されているのは胸なのに、なぜか下腹に熱がこもってきた。

「や、やめ……」

ファティスは乳首を唇で愛撫するのをやめないばかりか、空いているほうの胸に手を伸ばしてその中央の蕾を親指で弾く。

「待って……ファティス……」

このままでは、リサはリサでなくなってしまう。そんな恐怖から、リサは両手で彼の頭を掴んで退《の》けようとした。

リサの力ではびくともしなかったが、リサの意図を感じたらしく、ファティスが胸から顔を離す。リサを抱き起こして彼の大腿の上に座らせ、顔を向き合わせた。

「リサ、どうしたんだ？」

リサはブランケットを引っ張って、体の前を隠す。

「あ、あの……私、なんでこんなことになっているのかよくわからなくて……」

「もしかして、まだ思い出せないのか？」

ファティスが少しショックを受けた様子だった。

「う、うん」

「そうか……きっと……忘れたままでいたいのかもしれない……」

何か悲しいことでも思い出したように、ファティスの顔が翳《かげ》りを帯びた。

――こっちの世界でも、楽しいことばかりじゃなかったの？

「リサ……」

ファティスが頬に軽いキスを落としたあと、凛々しい眼差しを向けてくる。

「それでも、俺たちは結ばれなきゃならない。今すぐ」

「えっ、今すぐ？　どうして……？」

いくらファーガルに似ているとはいえ、過去に交流した記憶がない、いわば他人と最後までするというのはかなり抵抗がある。

――だって私、初めてなのよ～！

「拒否している場合じゃないってことだ。それに俺たちは愛し合っていただろう？」

「えっ、そ、そうなの？」

リサは指を飾る青水晶に目を落とす。

――確かに好きじゃないと、こんな指輪をくれないだろうし、もらうほうも受け取らないわ。

「記憶が戻っていなかったとしても……早く契《ちぎ》らないと……」

ファティスに、ぐっと腰を引き寄せられる。

「や、やめて……！」

リサは思いっきり彼の顔を突っぱねる。

ファティスが心外そうにしていた。

「なんで抵抗するんだ？」

「だって、こんなこと、急いですることじゃないでしょう！」

リサはブランケットを羽織ってベッドから飛び下りたが、腕を掴まれる。力強い大きな手だ。この長い骨張った指がさっきまでリサの胸をまさぐっていた。思い出しただけで陶酔が蘇《よみがえ》ってくるが、そんな気持ちを押し隠して鋭い眼差しを向ける。

だが、ファティスは臆することなく、真剣な表情で、こんなことを言ってきた。

「リサは聖乙女なんだ。と言ってもわからないよな？　聖乙女というのは大人になると、開花《アンシシ》して、世界中の魔法使いたちを猛烈に惹きつける匂いを発する。みんなが君の力を狙っていて、中には悪用しようとする者もいる。だが、俺と契れば、その匂いは消える。リサの安全のために、一刻も早く匂いを消したほうがいい」

「せ、聖乙女？　私が？　聖乙女の力って？」

ファティスが少し考えるような表情になった。

「契った相手の魔力を格段に向上させるんだ」

そのときなぜか、リサの胸がきゅっと痛んだ。

――私、何にがっかりしているの……？

「……ファティスは……その力が欲しいのね……？」

「俺は違う」

がばっと、リサは大きな体に抱きしめられる。

「リサ……俺が、どれだけリサに会いたかったか……どうやったらリサに伝わる？」

その声は苦しそうで泣き声のようにも聞こえた。

リサは、思わず、その厚みのある体をぎゅっと抱きしめ返す。

「伝わってるわ。それに私、ファティスとは初めて会った気が全然しないもの。けど……少し待ってほしい。だって、私、自分の体にもまだなじめてないし……」

リサの体は前の世界のときより背が高く、胸も尻も大きくなっている。なんといっても顔が違うことには違和感しかない。リサは指先で鼻に触れた。前はこんなに高くなかった。気になって鼻をすりすりとさわってしまう。

「……そうか」

ファティスが少し体を離し、じっと見つめてくる。彼の青い瞳は、ジュエリーショップでもこんなきれいな宝石はなかったと思わせられるほど、深みのある青だ。潤んでいることもあり、天窓からの陽を浴びて輝いている。

「さっき、リサの身の安全のためって言ったのは嘘じゃない。でも実のところ、俺、リサが欲しくてたまらなかったんだ。だが、リサの気持ちを考えてなかった。いやがる女性を襲うなんてことは、俺が一番したくないことだったはずなのに――」

「ううん。別にいやじゃないの。心の準備の問題なのよ」

ファティスがこんなにもリサを求めていてくれた、そう思うだけで、リサの下肢に、じゅんと潤うような感覚がもたらされた。

──何……これ……。

「いや、ほかの方法を考えるべきだったんだよ」

「ほ……ほかにもあるの？」

いつの間にか、リサは、ほかに方法がないほうがいいような気持ちになっていた。リサ自身は認めたくないが、今、彼の胸板に押されている乳房の先端は、彼の愛撫に濡れ、敏感になったままで、リサの体は狂おしいほどにファティスを求めていた。

「……妖精《ニンフ》の森に行けば、その匂いを外界から遮断できるし、人の匂いや気配を流しとる泉に浸《つ》かれば匂い自体が消えるかもしれない」

まじめな声で囁かれ、リサは火照《ほて》った体を持て余してしまう。

「そ……そう……」

リサはなんとか賛同の声を絞り出した。

「よし、すぐに出かけないと。これを着て」

ファティスが親切にも服を差し出してくるものだから、今さら続きをしてなどと言えるわけもない。

「あ、ありがとう」

ファティスに渡された服は、西洋の民族衣装のようなワンピースだった。ワンピースの中に足を入れ、ワンピースをずり上げて袖を通した。問題は背中のボタンだ。

──これ、一人で着られないわ。

振り返ると、ファティスも服を着ていた。彼も西洋の民族衣装風。長めの上衣は丈長で、腰ベルトを締め、長細い剣をベルトに吊るしているところだった。

アニメのケルト風の衣裳と違うので、リサはほっとした。アニメと同じ世界観で同じ顔となると不吉な予感しかしない。

ファティスが紺色のマントを羽織ると、ファンタジー映画に出てくる騎士のようになり、リサは思わずうっとりしてしまう。ファティスと目が合って、慌てて視線を逸らした。

「ファティス、背中のボタンをお願い」

「ああ。わかった」

リサが背をファティスのほうに向けると、ファティスが下からボタンを留めていく。ただ、それだけのことなのに、手が上がっていくにつれて、リサの中でぞわぞわと快感も這い上がっていく。

――さっき変な感覚を植えつけられたせいよ……。

「はい、できたよ」

「ありがと……」

リサが振り向いたとき、ファティスの喉仏がごくりと動いたのがわかった。

自分の顔が赤くなっていることはリサ自身もわかっていた。さっきから顔が熱い。

そのとき、ファティスの手がわずかに上がったかと思うと、宙《ちゅう》に留まった。しばらくしてから、何かを諦めたかのように勢いよく下がる。

ファティスがベッド上にある、色とりどりの石が縫い込まれた帯のようなものを手に取り、リサに渡してきた。

「腰に巻いて」

リサが帯を腰に巻くと、ファティスが「行くぞ」と、当たり前のように手を差し出してきた。

リサはなんだかうれしくなってしまう。

リサは彼の大きな手に自分の手を置く。日本にいたときより、指が細く長くなっている。その手をファティスがしっかりと握り返してきた。

美しく変わった自分の手には違和感しかないが、彼のがっしりとした手の感触は本物だ。リサは心強くなる。この手があれば、異世界でもやっていける気がした。

リサがファティスに連れられて外に出ると、そこは長閑《のどか》な秋の森で、黄や赤が入り混じった木の葉は、風を受けて気持ちよさそうに揺れ、鳥のさえずりが響いている。

藁《わら》葺《ぶ》き屋根にオークルの石材で造られた家は、蔦《つた》が這い、ところどころに花が咲いていて可愛らしい。

その裏に案内されると、木製の柵で囲まれた広大な庭があり、数頭の馬が草を食《は》んでいた。ファティスは扉になっている柵を開けるとリサの手を引いて、ずんずんと中に入っていく。

一頭の馬の前に来ると、ファティスが顔だけ振り向かせた。

「リサは馬に乗れる？」

「え？　セレブじゃあるまいし、馬になんか乗ったことないわ」

リサは慌てて顔の前で手をぶんぶんと左右に振る。

「わかった」

リサはファティスの大きな手で腰を掴まれ、ひょいっと体が浮いた。ファティスに持ち上げられて、馬の鞍に乗せられたのだ。

――背が高いからできる技ね。

惚れ惚れしたところで、ファティスが鐙《あぶみ》に足を掛け、リサの背後にひらりと跨った。マントが翻ってかっこいい。

馬の座高は思ったより高くて少し怖かったが、ファティスが手綱を握ると、リサは自ずとファティスの腕の中に包《くる》まれ、そんな気持ちは飛んでいった。背に彼の胸板が当たると、ベッドで植えつけられた官能が蘇ってくる。

「さあ、行くぞ。そんなに遠くない」

そんなファティスの真面目な声で、リサは我に返って、両手で頬を軽く叩いた。

――いやらしいことを思い出してる場合じゃないわ！

リサは周りを見渡す。視線の位置が高くなり、さっきと景色が変わった。

そのとき、頭にファティスの顔がそっと触れた。

「……え？」

――もしかして頭にキスしたの？

「リサ、どこかに行ってしまうかと思った」

ファティスが切なげに双眸を細めた。

「そ、そんな……。すごく空がきれいだなって思って見てただけよ」

――どこに行くっていうの？

頼れる人はこの世界にファティスしかいないのに――。

「……そうか」

ファティスが背後から頬に頬を寄せてくるものだから、ドキッとした。

だが、すぐにファティスは姿勢を正して「はいっ」と馬に声を掛け、脚を動かす。すると、馬が走り始めた。想像していたより振動があるが、ファティスが左右でしっかり手綱を握っているので怖くない。

移りゆく景色は日本の森とそんなに変わらないものだった。それなのに、この世界には魔法使いがいて、魔力を高める聖乙女がいて、しかもリサがその聖乙女だというのだ。

「ねえ、ファティスも魔法使いなのよね？」

「ああ」

「どういう人が魔法を使えるの？」

「聖乙女の子孫である大公家の者たちだ」

――どういうこと？

「……て、私もその聖乙女なんでしょう？」

「ああ。聖乙女は神の娘で、何十年かに一度、地上に現れるんだ」

「神の娘？　私が⁉」

――そこら中《じゅう》にいるわけじゃないんだ……。

「そう。聖乙女は大人になると、その匂いで、魔法使いたちに存在を知らしめ、契りを結んだ魔法使いの魔力を最大化する。そして、その息子は公国の大公となる」

「た、大公……って国王みたいな？」

――私、責任重大じゃない……？

「ああ、そうだ」

「どの公国の大公になるの？」

「その魔法使いの出身国。赤の公国《トウリアンダフィリス》、青の公国《カタガーラノス》、白の公国《アスプロス》の三公国があって……まずい」

「まずい？　何が？」

ファティスがリサを抱きかかえたかと思うと、いきなり馬から飛び降りた。

突然のことに、リサは「キャッ」と、小さく叫んだ。ファティスはリサを抱えたまま、道から森の中へと分け入り、叢《くさむら》に、リサを下ろした。

「リサ、その木陰に隠れてじっとしていて」

「は、はい」

リサは大きな木の裏にへたり込んだ。

「【結界】リサが見えないように。これで、俺以外の人にリサの姿は見えなくなった。だから声を出さず、ここでじっとしていればいい」

リサはあんぐり口を開けて、ファティスを見上げる。

「もしかして今、魔法をかけたの？」

「ああ。そうだ」

ファティスが腰に携えていた剣の柄《つか》に手を置いた。

——え？　これから戦う気？

ファーガルが死の間際、神殿で大勢を相手に戦っていた姿を思い出して、リサは震撼する。

「来た」

そう言ったかと思うと、すぐにファティスが馬に跨り、今来た道のほうに向かって馬を走らせた。リサから距離を置こうとしているようだ。

彼が出発したあとになってようやく、馬の蹄の音が聞こえてきて、その音が次第に大きくなってくる。だが、なんの前触れもないときに、どうしてファティスは敵襲があることに気づくことができたのか。

——これも魔法なの？

「おまえ、何者だ!?」

という中年男性の威厳のある声が遠くで響いた。

ここに来てリサは気づいた。ファティスが何者なのか、リサも知らない。わかっているのは魔法が使えるということぐらいだ。そしてリサは自分が聖乙女であること以外、自分自身について何も知らなかった——。

リサが耳を澄ましていると、「知るか！」というファティスの叫ぶような声が聞こえると同時に刃と刃がぶつかり合う金属音が響く。馬の嘶《いなな》きも聞こえてきた。

戦闘が始まったようだが、男たちの声からして、敵は相当いそうだ。それなのに、ファティスは一人で戦うつもりなのだろうか。

――ほんと、ファティス、何者なのよ～！

そのとき、上空からバサッという大きな羽音がしたと思ったら、ドンッという振動とともに、赤い巨鳥がリサのすぐ近くの道に着地する。

――大きすぎて恐竜みたい。

リサが様子をうかがっていると、その鳥の背から人間がひらりと跳び降りた。赤いマントを翻し、長い金髪をたなびかせている。すぐにリサのほうを向いた彼は、中性的な美しい顔立ちで、クールな切れ長の目には紫色の瞳が華やかさを添えている。

「お嬢さん、結界を張って隠れているつもりでしょうけど、匂いでバレバレですよ？」

――匂い！

ファティスはこう言っていた。

『みんなが君の力を狙っていて、中には悪用しようとする者もいる』

早速、リサの力を狙っている者が現れたということか。リサはだんまりを決め込む。リサの周りには結界が張ってあって、リサの姿は見えないはずだ。

それなのに、金髪の男が木々の間に割って入り、リサのすぐ横に立った。リサは微動だにしないよう気をつけていたので見上げることができなかったが、すぐ近くから声がしたので、彼はどうも背を屈めているようだ。

「初めまして、お嬢さん。私は赤の公国の公子、ソフォクレスです。安心して出ておいでなさい。あなたと結ばれる運命にあるこの私が現れたのだから、もう何も怖れることはありませんよ？」

――公子？　三公国のひとつの大公の息子ってこと？

「まだ隠れているつもりですか？【結界解除】……あれ？　効かない。まあいいでしょう」

ファティスの魔法が解けず、リサの姿が見えないままのようだ。

ソフォクレスの手が宙をさまよい、リサのこめかみに当たった。その手が、リサの輪郭をたどるようにずり落ちていき、腰にたどり着く。

ソフォクレスが、両手で腰を掴んでリサをふわりと抱き上げた。

「はい、やっと会えましたね？　想像以上にお美しい」

結界は人ではなく場所に張られるようで、リサが移動したことで、見えるようになったらしい。

リサは、ようやく観念して口を開く。

「下ろしてください」

「意志の強そうなはっきりした声……気に入りました。だから、余計に下ろせませんね」

ソフォクレスが下目遣いの不遜《ふそん》な態度で言い切り、下ろそうとはしなかった。悪人ではなさそうだが、リサを手に入れて魔力を向上させようという魂胆《こんたん》なのだろう。

リサは不機嫌に口を引き結んだ。リサの表情に動じることなく、ソフォクレスが観察するようにじろじろ見てくる。

「それにしても。私の解除魔法が効かないなんて、この結界を張った魔法使いは何者なんです？」

——何者かなんて、私が知りたいわ。

「それより、あなたこそ何者なんです？　あの赤い鳥に乗って来たんですか？」

「赤い鳥？　ああ、フェニックスのことか。そうですよ。あなたに会いに」

ソフォクレスがアメジスト色の瞳を細めて甘い言葉を吐いたが、リサは却って警戒心を募らせる。

「ここでは、みんな、ああいう鳥に乗っているんですか？」

ソフォクレスが目を見開いた。

「驚いた。何も知らないんですね。あれは赤の大公家の血を引くものだけが召喚できる聖獣フェニックスです」

どうやら、この世界の常識的なことを聞いてしまったようだ。早く思い出さないと、という焦りが起こるが、頭にぼんやり浮かぶのは、少年っぽいファティスの顔だけだ。

「フェニックス……火の鳥？」

道の中央に立つ赤い巨鳥が、猫のような美しい紫色の目でじっとこちらを見ている。火の鳥という言葉がしっくりくるような真っ赤な体をして、鳥と蝙蝠《こうもり》の間のような大きな翼を広げていた。

「そうです。フェニックスはあくまで聖獣フェニックスで、そこらの鳥とは違います。火を噴くことだってできます」

「火を……」

――聖獣って言うだけあって、乗るためだけの生き物じゃないんだ……。

そのとき、遠くから知らない男の叫び声がして、リサはびくっと体を縮める。

ファティスは今も大勢を相手に一人で戦っているのだ。

それなのに、ソフォクレスは何も聞こえていないかのように、涼しげな表情をしている。

――こうなったら……ファティスが何者なのか知ってるふりよ!

「えっと……この結界を張った魔法使いは私の騎士でして、私を守るために一人で大勢を相手に戦っているところなんです」

「あなたのために？ 上空から見ていたが、あんな軽装であれだけの数の鎧の騎士を相手にするなんて無謀ですね」

――無謀！

リサの全身からサーッと血の気が引いていく。

「あ、あの……ソフォクレスさん、私の騎士を助けていただけませんでしょうか？」

「いいですよ。ただし、あなたのお名前を教えてくれたら」

――え？ 名前ぐらいでいいの？

余裕の笑みを浮かべるソフォクレスに、リサは前のめりで答える。

「リサ、リサです」

「リサ、可愛らしい名前ですね。では、すぐに敵を蹴散らして戻るから、待っていてくださいね？」

ソフォクレスはリサを元いた茂みに下ろすと、ウインクして去っていった。こういった所作は、ソフォクレスぐらいの美形でないと、なかなかさまにならない。

ソフォクレスが道に戻ると、赤い巨鳥が背を下げた。彼が跳び乗ると、すぐに地面を蹴って羽ばたく。それだけで風が巻き上がる。落葉がリサの顔に飛んでくるぐらいの突風だ。

――結界が破られたから、ここにいても意味ないよね？

リサは周りを見渡す。つるつるした太い枝が左右に広がっている木があった。枝に足を掛けてかなり上のほうまで登り、顔だけ道に出す。戦っている一群が見えた。

ソフォクレスは余裕の笑みを浮かべていただけあって、巨鳥の鉤爪《かぎづめ》で騎士たちを一気に蹴散らし、何人かを吊り上げては森の中に放り投げた。聖獣というのは、騎手が自由自在に動かせられる生き物のようだ。

動揺している鎧の騎士たちにファティスが剣を掲げて襲いかかる。鎧の騎士たちは鎧が重そうで、ファティスに比べると動きに俊敏さがない。ファティスは騎士たちの喉元や腋を狙っていた。ここが鎧の継ぎ目のようで、刺された騎士たちがバタバタと倒れている。

あっという間にファティスとソフォクレス、二人だけで大勢を打ち負かしてしまった。騎士たちが倒れているというのに、何事もなかったように、ファティスが馬に跨り、こちらのほうに戻ってくる。

「ファティス！」

無事でよかったと、リサが木の上から手を振っているというのに、ファティスが不機嫌に言い放つ。

「リサ、じっとしてろって言っただろう？」

リサは急いで木から下りた。

「ご、ごめんなさい。でも、あの鳥に乗ってるソフォクレスっていう人が、匂いで私のことに勘づいて抱き上げたものだから、私、他人《ひと》から見えるようになっちゃったみたいで……」

「抱き上げた⁉」

ファティスの声は怒りを含んでいた。

ファティスが手綱を操《く》って馬をリサの近くに引き寄せる。

「ああいう輩《やから》がこれからうじゃうじゃ湧いてくるから、道を急ごう」

――そういえば、ソフォクレスは？

ソフォクレスには戦いが終わるまで待っていると約束した。それに、リサとしてはファティスに加勢をしてくれたお礼を言いたい。

そのとき、バサッという大きな羽音が立った。すぐさま、リサとファティスの前にフェニックスが急降下してきたかと思ったら、ドンッと大きな振動を立てて着地する。

ソフォクレスが跳び降りると、リサの前に歩みより、王子様のように胸に手を当てて少し屈む挨拶をした。

「このソフォクレスが、リサの願い通り、倒してきましたよ」

「ソフォクレスさん、本当にありがとうございました。ファティスも助けてもらえてよかったね」

リサが、隣に立つファティスを見上げると、ファティスの目が据わった。

「あんなどんくさい鎧の騎士なんて、俺一人で全員倒せるし、フェニックスなんか出されて大迷惑だ」

「ええ⁉　せっかく助けてくれたのに」

リサは申し訳なくてソフォクレスに視線を戻すと、ソフォクレスが肩を竦《すく》めていた。

するとリサはファティスにぐいっと腰を引き寄せられる。

「俺は頼んでない」

「そ、それはそうだけど……」

リサは動揺して言葉を失ってしまう。

「こらこら、リサが困っているじゃないか。おまえからとてつもない魔力を感じる。どこの公子なんだ？」

――公子？　ファティスも？

ファティスがこの世界でどういう立場の人なのか、リサが最も知りたいことだ。固唾《かたず》を飲んでことの成りゆきを見守る。

だが、ファティスは質問に答えずに、リサの腰に回した手に力をこめた。

「俺は公子じゃないが、リサとは幼馴染《おさななじみ》で、結婚を誓い合った仲だ」

「え？」

リサとソフォクレスが同時に驚きの声を発する。

ソフォクレスが馬鹿にしたように小さく笑う。

「聖乙女も初耳のご様子だが？」

ファティスが苦々しそうに目を眇《すが》めた。

「リサは……記憶を失っているんだ」

「なら、スタートラインは同じだ」

そう言ってのけたソフォクレスの瞳がリサにロックオンする。リサに近寄り、二の腕に手を添えた。

「は？」

「さっきも言いましたが、あなたは私と結ばれる運命なんです。私と結婚してください」

驚くリサをソフォクレスから引きはがして、ファティスがリサの肩を抱く。

「リサは俺の婚約者だ」

「だが、結ばれていない。その狂おしいほどの匂いが証拠だ」

——また出た、〝匂い〟。

さっき、リサが魔法で消えていたときのソフォクレスの行動を思い出す。おそらく匂いというのは、気配とか、存在感みたいなものなのだろう。

ファティスはしばらく憮然としてから、ソフォクレスに聞こえないような小声でつぶやく。

「リサに言われて俺、気づいたんだ。匂いを消すためなんかじゃいやだ。俺はリサに求められて抱きたい」

ぼんっとリサの顔が熱で爆発するかと思った。推しそっくりのファティスから、あまりに尊い言葉をもらい、キャパオーバーである。息苦しくなり、リサは胸に手を当てる。よろめきそうになったが、ファティスが支えてくれた。

「リサは記憶を失くしているんだから、混乱するようなことを言うな」

さっきの甘い囁きから一転してファティスが尖り声をソフォクレスに投げかけていた。

「混乱？　記憶がないのなら、知らないほうが混乱するだろう？　リサ、あなたは神が使わした聖乙女で、あなたと結ばれた公子はこの世界を統《す》べる聖帝《せいてい》になるのです。聖帝の座を狙って、こういう輩《やから》が近寄ってくるから気をつけたほうがいいですよ」

ソフォクレスの言《げん》に、ファティスがキレたのがリサには伝わった。

「それはおまえだろう！」

ファティスの怒声に、ソフォクレスが肩を竦めた。金髪が相まって、こういう西洋っぽい所作が合う。

「フェニックスを戻してきますね」

と、ソフォクレスがひらひらと手を振って去っていった。

リサはファティスと二人きりになると、肩に置かれた手が急に気になり始めた。

「リサ……」

ファティスが肩から手を外すと、リサと向き合い、その大きな手で両手をまとめて包《くる》み、まっすぐに見つめてくる。まるでファーガルに愛されているかのようでドキドキしてしまう。

だが、ファーガルは戦いで命を落とした。ファティスまで失ったらと想像するだけで、リサは背筋が凍る思いだ。

「ファティス、鎧の騎士団って私たちを追っているのよね？　なぜ私たちは追われているの？」

「さっき、聖乙女が選んだ男が聖帝になるってソフォクレスが言っていただろう？　聖乙女は聖帝と結婚して聖妃《せいひ》となるんだ。だが、今の聖帝は聖妃を亡くして魔力を失ってしまった。だから、新たな聖乙女であるリサを必要としている。力づくで君を手籠《てご》めにしようとしているんだ」

そのとき、リサは何かものすごく邪悪なものに襲われた感覚を思い出した。体の奥底から恐怖が湧き出してきて、震えが止まらなくなる。

――怖い！

そう思うが、どんな怖いことがあったのか、リサは思い出せなかった。

ファティスがぎゅっと抱きしめてくれて、やっと震えが止まる。

「リサ……やっぱり思い出さないほうがいい。記憶を失くしたのは神の采配《さいはい》だ。俺たちが新しい道を踏み出すために」

そう言って、ファティスが少し顔を離した。夕陽を受けて淡い橙色をかぶった青い瞳は情熱的に見えた。

「……だから、リサ、もう一度、俺を愛するんだ」

リサは目を瞬《しばたた》かせる。

「あ、愛……」

——私、ファティスには、ものすごく惹かれているわ。

だが、それを愛の言葉として口にするには、恋愛経験がなさすぎた。リサは、ただ呆然と見上げることしかできない。

「リサ、照れているんだな？」

ファティスが背を屈めたと思ったら、頬にくちづけられる。

——こそばゆい。

リサの気持ちを大事にしてくれているのが伝わってきて、心が温かくなる。

「オレと結ばれたくなったら教えてくれ。六年も待ったんだ。リサがそばにいてくれるならそれだけで……とてつもなく満たされる。手を出すのを我慢するくらいできるさ」

ファティスが爽やかな笑みを浮かべているというのに、リサといったら、このまま抱きしめてキスしてほしいような気持ちでいっぱいになっていた。

だが、今は路上だし、ソフォクレスが近くにいるし、自分から『抱いて』と、お願いする度胸もない。

「リサ、返事は？」

ファティスの唇が耳朶に触れ、ぞわぞわと全身が快感に浸《ひた》される。リサは力を振りしぼったが、小声でこう答えることしかできなかった。

「は……はい……」

「今すぐにでも抱いてほしそうな顔をしているぞ？」

どうも顔に出ているようだ。

「そ、そんな、ソフォクレスさんに見られるわ」

ファティスが顔を離して急に不機嫌になった。

「あいつの名前を口にするな」

「えっ？　どうして？」

「俺が嫉妬で狂いそうになるからだ！」

こんなこと言わすなとばかりに、吐き捨てるようにファティスが告げてくる。

だが、言われたリサのほうは、どぎまぎして固まってしまう。

しかもファティスが口の端を上げて、こう問うてくる。

「邪魔者が入ったから今は無理なだけで……本当は俺としたいんだろう？」

ずっきゅーんと、リサは胸を撃ち抜かれた。

――したい……かも。

転移したばかりのとき、ベッドで見たファティスの艶《つや》っぽい表情が頭に浮かんだ。もう一度あの表情を見てみたい。

「俺のことが好きなんだろう？」

ファティスが畳《たた》みかけてくる。

「え、ええ……好きっていうか……尊いっていうか……」

「わかった。今はそれで十分だ。また変なのが現れる前に、出発しよう」

ファティスがリサの腰を掴み上げ、軽々と馬上に乗せると、自身もリサの背後に跨る。

「あの、ファティスが倒した人たち、そのままで……助けなくて大丈夫なの？」

「手加減しているから致命傷じゃない。やつらの助けが来る前に、ここから離れようと思っているんだ」

「あ、そういうこと……」

話し途中に、背後から蹄の音が聞こえてきて、リサは敵かと思い、緊張して振り向く。ソフォクレスが馬に乗ってやって来ていた。鎧の騎士団の馬を拝借《はいしゃく》したらしい。

ソフォクレスの表情はなぜか切迫したものだった。

「あの騎士団、聖帝の騎士団じゃないか⁉」

ソフォクレスに問われているというのに、ファティスはそのまま手綱を握って馬を走らせた。顔だけ背後に向ける。

「今ごろ気づいたか。だから、頼んでないと言っただろう？ 得意げにフェニックスなんか使って、どの公国が聖帝に盾ついたのかを自らばらしてどうするんだ？」

ファティスが呆れたように言い放った。

「それでおまえ、聖獣を使わなかったのか！」

声を荒げるソフォクレスに、ファティスは抑揚のない声で答える。

「まあ、そんなところかな。次は魔術師団が来るから、早く逃げないとまずいぞ」

どうやらソフォクレスはリサに頼まれて、知らず知らずに聖帝と敵対してしまったようだ。

「知ってたら、フェニックスを出さなかったよ！」

背後からそんな訴えが聞こえてきて、リサは真っ青になった。

――ソフォクレスさんに助けを頼んだのって余計なことだったんだわ！

もし、それで、聖帝に逆らった咎《とが》で、ソフォクレスが責《せめ》を負うようなことになれば、リサの責任だ。

「じゃ、俺たちは急いでいるから」

ファティスが馬の速度を速めると、ソフォクレスが追い上げてくる。

「おまえ、リサをどこに連れて行くつもりだよ？」

斜め後ろから、不審そうに問うソフォクレスに顔も向けずに、ファティスがこう答える。

「……聖帝の手の及ばないところだ」

リサは振り仰いでファティスを見つめる。

「ファティス、ソフォクレスさんも妖精の森に連れて行ってあげて」

ファティスが憮然としたので、リサは慌てた。ソフォクレスに気があると思われたら逆効果だ。

リサはファティスにしか聞こえないように小声で話す。

「ファティス、ソフォクレスさんを巻き込んだのは私なの。彼を置いて、私だけ安全なところに逃げるなんてできない。それに、いずれ、妖精の森から出るんでしょう？　危険なことがあったとき、いっしょに戦ってくれる相棒がいたほうがいいと思うの」

ファーガルが一人で神殿に乗り込んだとき、リサはそれをつくづく思ったものだ。誰か助っ人がいてくれたらよかったのに、と――。

ファティスの眉間に深いしわが刻まれる。しばらく黙り込んだあと、ソフォクレスに聞こえるような声を出す。

「……わかった……。ソフォクレス、勝手に付いてきたらいい」

「だが、聖帝の手が及ばないところなんてあるのか？」

ソフォクレスが半信半疑といった様子だ。

「あるにはある……。だが、おまえが入れてもらえるかどうかわからないから……今はまだどことは言えない」

「なんだよ、それ」

「それでも付いてくるというなら、来てもいい。というか、もうかなり目的地の近くまで来ている」

「近く？　遠くに行かないと、第二陣に追いつかれるだろう？　なんたってこの匂いだ」

背後からソフォクレスの声が聞こえてきた。

「そうだ。この匂いだ。だから、遠くに行っても無駄なんだ」

リサがソフォクレスに顔を向けると、ソフォクレスは、意味をとらえかねるような表情をしていた。

リサは視線をファティスのほうに戻す。

「じゃあ、もうすぐ着くのね？」

「ああ。こっちの世界に戻るとき、あの小屋を選んだのは、妖精の森の入口が近いからだったんだ。ただ、思ったより追手が早く来た」

——追われるのが前提だったんだ。

すぐに、ファティスが馬を停めた。まず、自分が馬から降りると、リサを地上に降ろす。地面は紅葉した落ち葉で絨毯《じゅうたん》のようになっていた。

——ここが入口……？

特に建物など何もなく、秋の森の風景が広がっている。

ソフォクレスもそう思ったようで、後ろから「もう休憩か？」と、近づいてくる。

「いや、多分ここだ。目的地に着いた」

ファティスの視線の先にはなんの変哲《へんてつ》もない木が二本立っているだけだ。そこに向かって、ファティスが語りかける。

「偉大なる妖精《ニンフ》の女王パナギオティス、ここにファティス帰還せり。我と我の友人二人を受け入れたまえ」

するど、二本の木の間、梢《こずえ》の先と先が重なってアーチ状になっている空間から光が発せられ、気づいたら、その光の中にいた。

第三章　妖精《ニンフ》の森

――まぶしい……ここ、どこ……？

リサは、またしても違う世界に転移したのだろうか。

光が薄れて視界が開けると、先ほどまでの秋景色から一転して、色とりどりの花を咲かせた木々の春めいた風景が広がっていた。

吹く風は暖かく、集まってくるグリーンやブラウンヘアの女性たちは薄布を纏《まと》っただけだ。髪の毛には草花が飾られていて、歌うように「ファティス、お久しぶりね」「おかえりなさい」などと、歓迎してくれた。

どんな隠れ家に連れて行かれるのかと思っていたら、温かい風が吹く天国のような場所である。

「妖精《ニンフ》の森って本当にあったんだ。おまえ、もしかして人間と妖精とのハーフか何かか？」

ソフォクレスがひたすら驚いている。

「さあな」

――なんでこんなに自分の正体を明かそうとしないのかな？

「あら、ファティスのお友だち、美形だわ」

「本当に、素敵だわ」

ソフォクレスの周りにも、妖精たちが集まってくる。

「妖精って、浮世離れした美しさなんだな……」

口元をゆるめ、そうつぶやいたソフォクレスの手を取ったのは、腰まで美しいブラウンヘアを伸ばした妖精だ。そのスタイルのよさを誇示するかのように、体にぴったりと張りついた薄布一枚という姿だった。

「まぁ、うれしい。よかったら私の家に寄って行って？」

「え？　ちょっと積極的すぎじゃないか？」

ソフォクレスがおやおやといった感じで黄金の眉を上げている。

「だって、こんなに素敵な殿方、ここにはいないもの」

その妖精がソフォクレスにしなだれかかった。

「その気持ちはわかるけど、今は遠慮しておくよ」

ソフォクレスがちらっとリサのほうを見た。こういう状態をリサに見られるのはまずいと思っている様子だ。

彼の心を知ってか知らずか、妖精がソフォクレスに流し目を送った。

「まあ、遠慮はご無用よ」

「遠慮じゃない……おい、ファティス、待てよ」

ソフォクレスが集まってきた妖精たちにずるずると引きずられていっている。

「ソフォクレス、無理矢理連れて行かれているみたいだけど、大丈夫？」

リサがファティスに小声で尋ねると、ファティスが片方の口角を上げた。

「全然無理矢理じゃないよ。ソフォクレス、まんざらでもなさそうじゃないか」

「え？　そう？」

リサには、ソフォクレスが助けを求めて、こちらに視線を向けているように見えた。

ファティスが耳打ちしてくる。

「彼女たちは木の精《ドリュアス》でね。気に入った男を木の中に取り込むんだ。あいつ、当分戻って来ないよ」

「え？　なら、助けたほうがよくない？」

「お楽しみのところ、邪魔できないだろう？」

確かに、木の精たちは皆、美女揃いである。リサが邪魔するのも無粋だ。男性なら、楽しみたいと思うものだろう。

「さ、妖精の女王に挨拶に行こう」

ファティスが指差した高台には、華やかな影像が飾られた幻想的な白い建物があった。

「あれが女王様の宮殿？」

「ああ。そうだ」

中に入ると、宮殿は天井がものすごく高い。扉はなく、荘厳な支柱があるだけの開かれた空間で、この世界が常春《とこはる》であることをうかがわせた。

通された大広間の奥にある数段高いところに、この世の者とは思えぬ、波打つような蜂蜜色の髪に水晶の冠を戴《いただ》き、きらめくエメラルドグリーンの瞳を持つ、色白の女性が座っていた。

彼女が妖精の女王なのだろう。その五段ほどの階段の左右に、妖精たちが侍《はべ》っていた。

女王はファティスを認めると立ち上がって階段を下りてくる。

「ファティス、ようこそ。二年ぶりかしら」

「パナギオティス様、このたびは私の友人たちまで受け入れてくださり、ありがとうございました」

「友人？　一人は友人というほど仲がよくないし、もう一人は、私たちと縁浅からぬ方だわ」

パナギオティスがリサのほうに歩を進めた。その所作は優雅で人間離れしている。

——あっ、妖精だから人間じゃないんだわ……。

リサがうっとりしていると、手を、冷たい手に包まれた。パナギオティスの指は細くて白く、ガラス細工のようだ。

「リサ、お会いしたかったわ……」

「え、ええ？　私のこと、ご存知なのですか？」

パナギオティスが目を細め、優美に微笑んだ。

「もちろんですわ。あなたは、なんといってもファティスの大事な人ですもの」

リサは驚いて隣に立つファティスに目を合わせる。

すると、ファティスが視線をすべらせた。

——照れてる？　違うよね？

「まあ……若いっていいわね」

そう言うパナギオティスこそ、艶々《つやつや》としている。

「そ、そんな、パナギオティス様こそ、若々しく、お美しくていらっしゃいます」

「まあ。私はもう三百六十二歳よ。ファティスはいい子だから、よろしくね」

パナギオティスは年齢に合わない屈託のない笑みを浮かべた。

「え……ええ」

リサは隣のファティスを見上げる。

――この図体がでかいのが、いい子……？

三百年も生きていると、人間なんてみんな赤子みたいなものかもしれない。

ファティスはいつものファティスに戻っていて、きりっと無表情でまっすぐパナギオティスのほうを向いていた。

――さっき照れているように感じたのは、勘違いかな？

「ファティス、あなたのことですから、ここに来たということは、何か目的があってのことでしょう？」

ファティスが悪戯《いたずら》っぽい笑みを浮かべる。

「それは私を誤解していらっしゃいます。パナギオティス様にお会いしたいというのが最も大きい理由ですよ？」

パナギオティスがクスクスと、小鳥がさえずるように笑った。ファティスは女王と気の許せる間柄のようだ。

「では、二番目の理由は？」

ファティスの眼差しが鋭くなった。

「まずは、聖帝の目から逃れたかったので、森の中に入れていただいて、それは達成されています。あとは、リサの匂いをできるだけ消していただきたいのです。外に出ても、ほかの公子のもとまで届かないくらいに」

パナギオティスが一瞬、意外そうに目をわずかに見開く。

「あら、まあ、そうなの？　あなたたち……まだ？」

ファティスは無表情のままだったが、憮然として見えた。

「……リサは、こちらの世界の記憶を失くしています。どうしたら取り戻せるのか、図書館で調べものをさせていただけませんでしょうか」

「もちろんいいわよ。それにしても記憶が……。異世界転移なんてめったに起こらないことだから……リサ、かわいそうに。思い出せるといいわね」

リサは複雑な気持ちになる。なんでそんな珍しいことが自分の身に起こってしまったのかと。

――あの、邪悪なものに襲われた感覚と何か関係あるのかな……。

「前の世界の記憶だけはしっかりあるので……私としては今、自分の知らない世界にまぎれ込んでいるという感じなんです」

「そう……なら、戸惑うことも多いでしょう。なんでも遠慮せず、こちらのディミトリアに聞いてちょうだい」

階段に座っていた銀髪の美女が立ち上がってリサの手を取った。彼女の口がむずむず動いたかと思うと、かぱっと開いて、くははと笑い始める。

「え？」

お世辞にも上品とは言えない笑い声にリサは狼狽《うろた》える。

そんなリサの表情に気づいたのか、ディミトリアは手で口を押さえてから、茶目っ気たっぷりに目を細めた。

「ご紹介に預かったディミトリアです。つい笑ってしまってごめんなさい。だって、ファティスとしたことがリサとまだ……」

言いかけたところで、ファティスが言葉を重ねた。

「ディミトリア、勘弁してください。それより案内をお願いします」

ディミトリアがいやらしそうに目を三日月のように細め、片手を上下に振っている。

「いや〜、恋とか愛とか、人間って楽しそうでいいわぁ」

――若くてきれいなのに……このおばさんっぽさは一体……!?

いろんな妖精がいるものだと思いつつ、リサはファティスと並んで、ディミトリアのあとを歩く。

ディミトリアが時々振り向いては「手を繋がないの？」などと、からかってくるものだから、ファティスがちょっかいをかけてこなくなった。普段はすぐにくっつきたがるのに、人に言われて手を繋ぐのはいやなようだ。

――可笑《おか》しい！

ディミトリアに連れて行かれた先は泉だった。その泉は、花咲き乱れる木々に囲まれていて、妖精たちが揺蕩《たゆた》うように浮かんでいる。

「皆さん、泳ぐのがお好きなんですか？」

リサは泳ぐのが得意ではないので、できれば浸《つ》かりたくない。

「そうね。ここにいるのは皆、水の精《ネイレス》だから、水の中にいるほうが落ち着くのよ」

ディミトリアがパンパンと手を叩くと、皆が一斉にこちらを向いた。

「ファティスのお友だちのリサよ。できるだけ、長く泉に浸けてもらえるかしら」

――え？　ずっとこの泉に？

ディミトリアの背後に立つファティスをリサがすがるように見ると、ファティスが不思議そうに首を傾《かし》げた。

「ず、ずっと浸かってたら、ぶよぶよにならない？」

そう訴えると、ファティスの片方の口角が上がる。

――絶対、笑ってる！

ファティスが肩に手を回して、耳元で囁いてきた。

「寂しかったら、いっしょに浸かろうか？」

掠れた低い声に、ぞくぞくっと全身が震えた。ベッドで愛撫されたときと同じ変な震えで、リサは胸のドキドキが止まらなくなってしまう。

すると、泉の中の水の精たちがキャーッと、黄色い声を上げるものだから、リサは慌ててファティスから離れた。

「ファティスも泉にいらっしゃいな」

皆が皆、ファティスのほうに手を振って、おいでおいでをしている。

「残念ながら、図書館で調べものがあってね。それが解決したら、遊びに来させてくれ」

ファティスが水の精たちにそう言ってから、背を少し屈めて、リサに声を掛けた。

「じゃ、またあとで」

リサは、またしてもぶるっと震える。

――なんでもないことなのにいちいち反応して……私、なんなの……。

ファティスの大きな背中が小さくなっていく。彼がいなくなると急に心細くなった。

――こっちの世界に来てから離れたの、これが初めてだから……。

「リサ、いらっしゃいな」

泉から跳ねるように出て、リサの腕に手をからめた水の精が泉の中にリサを誘い入れた。リサは、ぼっちゃーんと、水中に落ちる。

「ギャー！」

そういえばギリシャ神話には、人魚《セイレーン》という、海に引きずり込む妖怪がいた。水の精も親戚のようなものかもしれない。

泉の中は冷たいかと思いきや、ほどよい温かさで、底に足が着かないのに、ふわふわと浮かんでいる。

――これなら長く浸かっていられそう……。

「服が邪魔よ、お脱ぎなさいな」

確かに水を含んで服が重くなっている。水の精たちを見ると、薄布一枚である。中には裸の者もいた。

――女子校みたいなものか……。

リサはワンピース状の下着だけになった。

周りを見渡すと、さすが水の精というか、水中のハンモックに寝転がって本を読む者、大きな葉をテーブルにして花のカップで飲みながら友とおしゃべりを楽しんでいる者もいる。

「ねえ、リサ、ファティスのどこがだめなの？」

泉に引きずり込んだ水の精が、どこから持ってきたのか、透明なガラス細工のような櫛《くし》を手にして、自身の艶《つや》やかな金髪を梳《くしけず》りながら、問うてきた。

「だ、だめ？」

「だって、まだ結ばれていないのでしょう？」

「え、ええ？　なぜわかるんです？」

――みんな、恋愛に関心がありすぎでしょ！

興味を引く話題のようで、ほかの水の精たちが流れるように寄ってくる。

「そんなの、見ただけでわかるわよね？」

「ねえ？」

さえずりのような美しい笑い声が、あたり一帯に響き渡った。

「皆さんはファティスのこと、よくご存じなのですか？」

「ええ。十六歳から四年間、ずっとここにいたもの」

「ここに来るのは二年ぶりね」

リサは周りを見渡す。女性の妖精しかいない。

「ここは人間が住まうところではないでしょう？ どうしてファティスは四年間もここにいたんですか？」

「あら、知りたいと思うことは、恋の始まりよ」

クスクスと、ほかの水の精たちも笑っている。

妖精たちはリサとファティスをくっつけたくて仕方ないようだ。

――あれ？ ソフォクレスが連れ去られたのって偶然じゃないかも！

ファティス一行が妖精の森を訪れるなり現れた木の精は、ソフォクレスを邪魔者とみなして連れ去ったのだと今になって気づく。

「ファティスは十六歳のとき、聖帝に歯向かって瀕死《ひんし》になったのよ。ちょうど妖精の森の入口に倒れていたので、なんとか私たちが助けることができたわ」

――十六歳で……!?

聖帝が聖乙女の力を欲していると言っていたが、ファティスが十六ということは、リサは当時十四歳。ファティスが青水晶の指輪をくれた年齢である。

「どうしてそんな無謀なことを……⁉」

リサは左手の薬指に輝く青水晶に視線を落とした。

「さあ、どうしてかしらねぇ？」

そのとき、妖精たちの瞳が三日月型になり、フフフフフと意味深《いみしん》に笑い始める。

──一斉におばちゃん化した！

「あ、あの、皆さんに助けられてから、ファティスはここで、どう過ごしていたのですか？」

リサは慌てて話題を変えた。

「まず、意識が戻るまで何十日もかかったわ。覚醒したと思ったら、いきなり一人で魔法の修行をし始めて……。師匠がいなくて独学なものだから、失敗してはダメージを受けて、何回か昏睡《こんすい》状態に陥っていたの」

「そんな危険な修行を……？」

「いくら止めても聞く耳持たない感じだったわ。結果論だけれど、ファティスがここまで強大な魔力を持つようになれたのは、リサと再会したいという一念からだったのではないかしら」

「え？」

──私と再会するため……⁉

確かに、日本の理沙のベッドで、ファティスは切なげに『ずっと会いたくて……気が狂いそうだった』と告げてきた。

「あ、赤くなったわ！　相思相愛よ、やっぱり！」

またしても水の精たちの瞳が三日月型に光る。

――調子狂う……。

「私と会うために、どうして修行が必要なんです？」

「異世界に行くなんて、歴史が記されるようになってからでも、五、六人しかできた人がいなかったぐらい、伝説の魔法なのよ」

「そ、そんなにすごい魔法なんですか……？」

「ええ。ほかの魔法とは次元が違うわ。リサがいた世界は、ここことは全然違う世界なんでしょう？」

「え、ええ。まあ……」

そういえばファティスは『これ以上ここにいると、君を連れて転移する力がなくなりそうだ……』と、しんどそうに言っていた。

――あれってそういうこと？　大がかりな魔法だったんだわ。

「ファティスって実はすごい人なんですね……」

フフッと水の精たちが含み笑いをする。

「でも、全て、あなたと結婚するためなのよ」

「えっ？」

「ファティスはあなたのことを深く愛しているわ」

真顔でそんなことを言われて、リサの顔は一気にカッと熱くなった。

「な、なんだか皆さん、ファティスの保護者みたいですね」

「ええ、そうよ。みんなファティスが好きで幸せになってほしいと思っているの」

「そうですか……」

ファティスが思ったよりすごい人のようで、リサは気後れしてしまう。そんな人が自分のことを好きだなんて信じられない。

リサは顔を上げて見回す。青い空に美しい花々の咲く樹木、小さな妖精が翅《はね》を広げて、宙を舞っている。

――まあ、今の環境自体が信じられない感じだけど……。

そのとき、薄紫の花咲く樹木の間からファティスが現れた。黒い髪に、深みのある青い瞳が華を添える。まるでファンタジー映画のワンシーンのようだ。

――ファティスが一番、現実味がないわ……。

半日離れていただけなのに、リサの胸が高鳴り始める。

ファティスがリサのほうに近づき、泉の畔《ほとり》で膝を折って屈んだ。

「リサ」

ファティスの笑顔がまぶしくて、リサは目を泳がしてしまう。

「と、図書館で調べものじゃなかったの？」

「……顔が見たくなったんだ……」

わっと、背後で水の精たちが沸いたのがわかった。

「み、皆さんが見てるのに……」

「じゃ、みんなが見ていないところに行けばいいわ」

背後にいた水の精が間髪置かずにそう言って、リサをするりと地上まで引っ張り上げた。泉に落とすのも、そこから出すのもお手のものだ。

リサは、いつの間にか地上で、ファティスと向かい合って立っていた。

「大胆だな」

ファティスの視線の先をたどり、リサはハッとする。リサは下着一枚なので、薄布が体にぴったり張りついて、体型が丸見えである。リサは慌てて胸の上で腕を組んだ。

――水の精は、これを見越して脱ぐように勧めたんじゃないでしょうね？

「服、服を、取りに行かないと」

リサが踵を返すと、ファティスに手を引っ張られて、そのまま抱きしめられる。

「このままのほうがいい」

「って……！　みんなすごく見てるってば！」

ファティスが頭上に頬をすりつけてきた。

「人間以外に見られたって平気だろう？」

「そ、そういう問題じゃなくて」

リサはファティスの腕から逃れ、大きな岩に掛けていた服を手に取り、身に着ける。

その間《かん》も、ファティスがじっと見つめてくるものだから、リサは目を伏せた。彼の腰に下がった剣が目に入る。

「ファティス、剣を教えてくれない？」

リサは高校のとき、剣道部に所属していた。剣道の形《かた》は実戦向きではないが、竹刀《しない》は振っていたので、コツを教えてもらえれば、自分の身を護《まも》るくらいはできそうな気がする。

「いやだ」

ファティスは即答だった。頭ごなし拒否されて、リサは不満を漏らす。

「どうして？　私だって役に立ちたい」

「リサに真剣を振らせるようになったときは、もう終わりだよ」

「もちろん、敵を倒しにいく戦士になれるとは思ってないわ。ただ、護身術として知っておきたいの」

リサが心から訴えると、ファティスが少し驚いたように目を見張ったあと、視線を逸らして頭をかいた。

「……わかったよ。ソフォクレスに襲われそうになったときに使えるかもしれないしな」

ファティスに連れて行かれたのは森の中の一軒家だった。石造りの壁に、橙色のレンガでできた三角屋根がかぶさった可愛らしい建物だ。

「ここは……？」

「俺たちの家」

ファティスが繋いだ手を持ち上げ、指輪の青水晶にキスを落とした。

「えっ？　今晩ここに泊まるってこと？」

「そうだ……」

ファティスが含意のある眼差しを送ってくる。

――もしかして今晩、私……？

初めてが妖精の森で、なんて誰が想像しただろうか。

「え、えっと、あの、そうだ……剣の練習は……？」

「真面目だな」

ファティスが腰の鞘《さや》から剣を抜き、持ち手のほうをリサに差し出した。リサが柄《つか》を掴むと、ファティスが手を離す。

――重《おも》っ。

こんなに重いものをファティスはよくも軽々と扱っていたものだ。

「ファティスの剣は？」

ファティスが彼の二の腕くらいの長さの木片を拾った。木片をヒュンと前面に突き出す。風を切るような速さである。

「これでいい」

ファティスは相当力のある魔法使いなのに、なぜ剣の腕も磨いているのだろうか。

「騎士団と戦っているところを見て思ったんだけど、魔法で敵を倒すわけにはいかないの？　くたばれー！　とか言って」

そう言ってリサが剣を持っていないほうの手を威勢よく前に伸ばすと、ファティスが苦笑した。

「あのときはリサの近くに魔法使いがいるのがばれないように、敢《あ》えて魔法を使わなかったんだ。フェニックスが現れて意味がなくなったけど」

――やっぱり余計なことだったんだわ！

「ごめんなさい……。私が勝手に頼んじゃったから……」

リサが縮こまると、ファティスが頭をぽんぽんとしてくる。優しさが伝わってきた。

「俺を想ってのことだろう？　どのみち、戦うときに魔法はあまり役に立たないんだ」

「物理で戦うしかないってこと？」

「ああ。だが、魔法は助けにはなる。そうだ、俺に斬りつけてみろ」

リサが持っているのは本物の剣である。

「ケガさせちゃうかもよ？　こう見えて私、剣道部出身なんだから」

ファティスが小さく笑った。

「リサ、見かけはかなり大人っぽくなったのに、木に登ったり、剣を習いたがったり、中は子どものままだな」

――そっか、ファティスが知っているリサは十四歳までだったのね。

この顔に違和感があるのはリサだけではなかったのだ。

「私だって、急に金髪碧眼になっちゃって戸惑ってるのよ？」

リサは冗談めかして首を傾《かし》げた。

「あちらのリサは今とかなり顔が違ったもんな？　でも、歳より幼く見えて……可愛かった」

ファティスが慈愛に満ちた瞳で、しみじみとそう言ってくる。

——本当の自分を好きになってもらったみたい……。

リサは顔がどんどん熱くなっていく。それをごまかしたくて、眉をきゅっと上げて、できるだけきりっとした表情を作った。

「そ、そんなふうに褒めても、私、手加減しないわよ？」

「リサにやられるほど腕はなまってないよ。かかってきな」

両手を左右に広げるファティスに、リサは剣道で胴を打つときのように右足で踏み込み、斜めに刀を斬りつける。だが、そこにファティスはいなかった。

——あれ？

砂利を踏んだ音がして振り向くと、ファティスがリサの背後に立っていた。

「襲われそうになっても、こんなふうに魔法で自分を【移動】させることができる。逆に襲うときに【移動】することだって」

「剣技と魔法の合わせ技で有利に戦えるってわけね！」

「そう。例えば……」

ファティスがニヤッと口角を上げる。

「【浮上】」

いきなり三十センチくらい宙に浮いて、リサは「キャッ」と小さく叫んだ。

「相手を【浮上】させ、【移動】して近くの池に落とすことはできる。だが、一人ずつちまちま落としているより、剣で倒したほうが早い」

「【浮上解除】」

すとんと、リサを地上に落とすと、ファティスが剣を構えるように木片を握った。

「じゃ、また、かかってきて」

「……行くわよ」

リサが剣を振りかぶって下ろそうとしたところで、剣が木片にはねのけられ、喉元に木片の先端を突きつけられる。

「ひゃっ」

「リサは相手を倒そうとしたら却って危険になる。だから、こういう長い剣ではなく、短刀のほうがいい」

ファティスはリサから長剣を受け取って自身の鞘に収めると、上着のポケットから、鞘に入ったままの十センチくらいの短刀を取り出し、手渡してきた。

「この短刀をあげるから隠し持っておいて。たとえばこんなふうに体を押しつけられたとき、その短刀を密かに取り出すんだ」

リサはファティスに抱きしめられたので、鞘に入ったままの短刀を彼の腹に突きつける。

「こう？」

「そうだ。そうしたら、自分の力を使わなくても、相手が寄りかかってくるだけで、致命傷を負わせることができる」

ファティスが体を離したので、リサは黒光りする鞘に収まった短剣をまじまじと見つめる。

「護身術っぽい」

「護身術だよ」

ファティスがリサの頭を小突いて微笑んだ。

――恋人みたい……。

胸の鼓動が速まり始めるが、ドキドキを隠したくてリサは質問する。

「わ、私は魔法を使えないの？」

「使える。回復魔法といって、病気やケガを治せる」

「そんなことができるなんて、すごいわ！　どうやったら治せるの？」

なぜかファティスが悪戯《いたずら》っぽい笑みを浮かべた。

「……こうやって」

ちゅっと唇に唇が当たる。

唇が離れるとき、ファティスに流し目を送られ、リサはぶるりと身を震わせた。

――な、何……すごく色っぽかった。

きりっとした双眸の精悍《せいかん》な男を捕まえて色っぽいというのも変な話だが、こういうときのファティスは猛烈に色っぽい。

リサは、どくん、どくんと心臓の音だけが妙に意識されるようになる。

「ほら、リサにキスしてもらって元気が出た」

ファティスが腕を組んで笑った。

「……からかって！」

リサが鞘に入ったままの短刀を突き出すと、ファティスが降参とばかりに両手を上げた。

「特訓するぞ」

ファティスが、玄関脇に掛けてあった縄を手にし、リサに手渡す。

「俺の手首、縛って」

夕陽がまぶしいのか目を細め、耽美的な表情でそう乞われ、リサはごくりと唾を飲み込んだ。

「……い、いいの？」

「ああ。強くやってくれ。後ろ手で」

「え？　後ろなんだ」

――どんな趣味だ。

ファティスが急に地面に腰を下ろして後ろ手になり、手首と手首をくっつけた。

「じゃ、やるわよ」

「ああ、きつくやってくれ」

――そ、そのほうが気持ちいい……の？

リサはドキドキしながら、ファティスの背後で膝を折って屈む。手首をぐるぐると何度か巻くと、手首と手首の間で縄を括って留めた。

「できた」

──こんな姿のファティスに何をしろって言うの？

リサが妄想に顔を熱くしていると、ファティスが手と手を左右に強く引っ張って縄を伸ばし、手首を臀部から膝裏へと通すとそのまま足から抜く。これで後ろ手が前に来た。地面に置いてあったリサの短刀から手で鞘を抜いて柄《つか》を足で挟んで立たせ、手首と手首の間の縄を器用に切る。

リサは意外な展開にぽかんと口を開けてしまう。

「後ろ手で括られても、こういうふうに、手を自由にすることができるんだ。括られるとき、くっつける手首の位置にコツがあってね……」

といった具合に、ひたすら護身術を教えられた。

「……疲れた」

リサが木の幹に寄りかかると、ファティスに肩を抱かれ、こめかみに頬をすりつけられる。

「俺は……すごく楽しかった」

「……実は、私も」

リサはファティスを上目遣いで見つめた。

ファティスがリサの顎を掴んで引き寄せる。ファティスの片方の頬に夕陽の橙色がかかり、深い彫りと高い鼻に影ができる。独特な雰囲気があった。

だが、近づいてきたラピズラズリ色の瞳が美しすぎて、リサは思わず彼の頬を突っぱねた。

ファティスが半眼になる。

「昔はリサからしてくれたのに……」

「で、でもそれって頬じゃない？」

「リサ」

ファティスに、すごい勢いで二の腕をぎゅっと掴まれ、リサは体を揺すられる。

「思い出したのか⁉」

ものすごい眼力で見つめられ、リサはたじろいでしまう。記憶の中で、リサが頬にキスしたのは少年だった。

――確かにファティスに似ていたんだけど……。

あの少年は髪が長いだけでなく、中性的な感じがした。短髪で雄々しいファティスとは印象が違う。

――こんなに期待されて、違う少年だったら落胆させてしまう……。

「い、いえ、そういうわけじゃ……」

ファティスの瞳は落胆の色を纏《まと》ったが、それを吹っ切るように彼が口角を上げた。

「今度はリサから俺の口にキスしてみたら、思い出すんじゃない？」

「……し、しないわよ！」

と、そのとき、リサのお腹がギュルルと鳴る。この世界に来てから何も食べてなかった。

ファティスが体を離し、おやおやと顔をのぞき込んでくる。

――恥ずかし～⁉

「食事、しようか」

第四章　美形二人にモテてるみたいな事態になっている件

ファティスがリサの腰に手を回して家の玄関のほうにうながす。赤く丸っこい木製扉を、空いている手で開けた。

薄緑の壁に、ココア色のアンティークな家具を基調とした落ち着いた内装だった。採光窓から夕陽が入っている。ところどころにカラフルな花が飾ってあった。

「きれい」

「ディミトリアが気を利《き》かせて花を飾ってくれたようだな」

シンプルな色合いの部屋なので、花がなかったら地味なイメージを持ったかもしれない。

「食事の用意までしてくれている」

ファティスの声に、リサがテーブルに目を遣ると、そこにはパンのような丸いものとスープや果物があり、日本の洋食とそんなに変わりがなく、リサは密かにほっとした。

リサはファティスから離れ、奥の部屋に足を踏み入れる。そこは本だらけだった。机もあるので書斎のようだ。

「これ、全部、ファティスの本なの？」

「ああ。ほとんどが魔法書だ」

書斎に入ってきたファティスは、小さなボール状の透明な果実を手にしていた。

「お腹すいてるんだろう?」

と、その果実をリサの口内にちゅぷっと押し込んでくる。

——甘酸っぱい。

瑞々《みずみず》しく口内で蕩けるような感触をリサが愉《たの》しんでいると、ファティスがうれしそうに目を細めた。

——さっきから、恋人みたい……。

そう思うと急に照れくさくなって、リサは必要以上に明るい声を出す。

「美味しかった! あの……ファティスはここに住んでいたの?」

「ああ。十六歳から二十歳までの四年間、ここで剣や魔法の修行をしていたんだ。その間もずっと、リサが俺を呼んでくれるのを待っていた」

ファティスが両手をリサの腰に回し、じっと見つめてくる。

「ここで、一人で……ずっと……?」

「一人だけど一人じゃなかった。妖精たちがよくしてくれたから」

答えの内容とは裏腹に、ファティスの笑みがあまりに寂しそうで、リサは胸をきゅっと締めつけられた。

リサは、ファティスのいる世界に戻るには戻ってきたが、ファティスは、二人で共有していたはずの記憶を今も一人で抱えているのだ。

リサはファティスの胸元に頬を押し当て、寄りかかる。

「ねえ。ファティスが十六歳のとき、私が十四歳で異世界に行ってしまったってことよね？　幼馴染って言っていたけど、どうやって知り合ったの？　私たち」

ファティスが頬をリサの頭頂にすりつけ、二人はパズルのピースがぴったり合わさったようになった。

「リサは十一歳で父親を亡くし、聖都の聖殿にある、孤児院……みたいなところに引き取られていたんだ」

「……聖都？」

「聖帝がいるのが聖都なんだけど……この話は地図を見ながらのほうがいいな」

ファティスが本棚の隅に置いてあった筒から地図を取り出し、テーブルに広げる。リサはファティスに寄り添ってテーブルの前に立った。

そこには菱型《ひしがた》に近い大陸が描かれていた。

ファティスが真ん中の少し標高が高そうなところを指差した。

「まず、中央の丘陵部分が聖都。聖帝の領土としては、小さいように思うかもしれないけれど、この世界を統べるのが聖帝だから、この地図全てが聖帝の領土のようなものだ」

「私、ここに住んでいたのね？」

ファティスが聖都の南方を指差す。緑色が塗ってある。

「ここが聖都の食糧庫と言われる農村地帯だ。リサはここで生まれ育ったと言っていた。だが、俺が知り合った十二歳のときは聖殿の宿舎にいて、俺が移動魔法の練習をして、うっかり回廊に落ちたとき、たまたま知り合ったんだ」

　リサは農村にも聖殿にも全くピンとこない。

「そう。それがきっかけで遊びに来てくれるようになったの？」

「遊び……そうだな。俺、リサに会いたくて……」

　ファティスの頬が少し赤らんだ気がした。

「ファティスも聖都に住んでいたのよね？」

「ああ。俺は聖都の……魔術師の息子だ」

「え？　魔術師？　魔法使いとどう違うの？」

「魔術師だって魔法を使うし、聖妃の血を引く大公家出身者には違いないんだけど、たとえ魔力が強大であったとしても、長子でなければ大公や公子にはなれない。だが、魔術を学べば、魔術師として貴族のような生活が約束されるんだ」

「じゃあ、ファティスはお貴族様？」

「様はよしてくれよ。ただ、父の魔術は聖都一だったので、裕福な暮らしができた」

　過去形だった。聖帝と敵対したことで、父親とは袂《たもと》を分かったのかもしれない。

「そう。それなのに孤児の私と仲良くしてくれたのね？」

　ファティスが左手でリサの頭を抱き寄せた。

「仲良くしてくれたのはリサのほうさ」

ファティスが右手で聖都の周りの緑地帯を指差す。

「聖都の周りを森が囲んでいるだろう? 転移したときの家はこの森の中にある。森の周り、聖都を囲むようにして、三つの公国があり、それぞれの国を治める大公やその血筋の者は聖獣を召喚する魔力を持っている」

「そういえば、ソフォクレスがフェニックスのことを聖獣って言っていたわ」

「ああ。赤の公国《トウリアンダフィリス》の大公家一族が呼び出せる聖獣がフェニックス」

ファティスが右上、火山を中心とした公国を指差す。

「ここが、ソフォクレスの赤の公国。一人につき一羽のフェニックスを召喚できる」

次にファティスが指差したのは、左上、大きな湖を持つ公国だった。

「ここが青の公国《カタガーラノス》で、聖獣はドラゴン」

——ドラゴン! 本当にファンタジーの世界だわ……。

「最後にここ」

ファティスの指先が、南側の大きな国に置かれた。砂漠の中に点々と緑地がある。

「白の公国《アスプロス》の聖獣はグリフォン」

——グリフォン……聞いたことがある……。

確か、鷲とライオンが合体したような生き物だ。

「そして聖帝は、三聖獣に加え、ペガサスを召喚することができる。しかも、ほかの魔法使いが召喚した聖獣だとしても、聖帝は意のままに従わせることができるんだ」

「聖帝って、そんなに……すごいの……」

そう思うと、リサは怖くなってファティスの腕にしがみついてしまう。日本で孤独感に押しつぶされそうになっていたところを連れ出してくれたファティス。その彼が、強大な力を持つ聖帝と敵対している。

――でも、私と結ばれたら、ファティスだって聖帝になれるのよね？

だが、そのためには、リサは自分から『抱いて』とお願いしないといけない。以前、ファティスにそう言われた。なので、リサは意を決してファティスを見上げた。すると、指で額を小突かれる。

――これ、前も、やられたことがあるわ。

リサは額を手で押さえた。

「また、俺を強くするために身を捧げようとか思ってるんだろう？　相変わらずだな。他人《ひと》のことばかり考えて……」

――相変わらず……？

「私、昔、そういう子だったの？」

「ああ。自分だけ逃げるんじゃなくて、同じ立場の人たちを逃がそうとする、そんな娘《こ》だった。きっと今だってそうだろう？」

「そ、そうかな？」

リサは日本では、こんなふうに褒められたことがなかったので照れくさくなる。

「ああ。リサから、あのころと同じ魂を感じてる。だから日本でもすぐリサだってわかった。あと魔力のことだけど、今の聖帝は聖妃を亡くしてもう二十年経っていて、ほとんど魔力がないから、気にしなくていい」

「え？　そうなの？」

「ああ。俺のほうが断然上だ」

ファティスが、したり顔で言い切った。

「そ……そう。よかった……」

リサは胸を撫でおろした。

「また、何か聞きたいことがあったら、聞いてくれ」

ファティスが地図を丸め始めたので、リサは部屋を見渡す。

本棚がないほうの壁には額装された絵がたくさん飾ってあった。妖精を描いたものばかりだったが、その中に、少年時代と思《おぼ》しきファティスの横顔があった。黒髪の長髪を後ろでひとつに括っている。

――頭に浮かんだファティスと同じ！

やはり、記憶の少年はファティスだったのだ。

リサは吸いこまれるように、その肖像画のほうに近づいていく。

「あれは……ファティスよね？　何歳のころの絵なの？」

「十六歳かな。この森に来て昏睡から目覚めたばかりのとき、絵の得意な妖精が快気祝いだって描いてくれたんだ」

「私、このくらいの歳のファティスの頬にキスしたことだけ、おぼろげだけど記憶にある……」

ファティスが目を見開いた。その瞳は喜びに満ちあふれていた。

「リサ……！」

リサは、がばっと抱きつかれる。

「リサ、あのときのこと、俺とのことだけを覚えているなんて……！」

——あのとき？

記憶に残っているぐらいだから大事な思い出なのだろう。

「でもその一瞬だけで、前後のことは覚えてないの」

「……その一瞬だけで十分だ……」

ファティスの顔が近づいてきて、唇を覆われる。肉厚な舌が侵入してくる。

「……ふぁ」

ファティスが少し唇を離しては、また角度を変えて、口内をまさぐってくる。

彼の体に押されてリサの上体が後ろに傾くと、そのまま膝裏をすくい上げ、ファティスに抱きかかえられる。自ずとリサは、彼の背にすがるように手を回した。

ファティスはリサを机の上に仰向けに下ろす。彼の左手が膝からワンピース状の下着の中へと入り込み、ふくらはぎを這い上がっていく。右手で布の上から胸のふくらみを覆い、その中央の

突起を親指で撫で回してくる。さわられていないほうの乳暈を服の上から口に含んで舌でしごかれた。

「……え……そんな……ぁあ……ふ」

「……リサ……」

ファティスの掠れた声に視線を下にずらすと、彼が胸から少し口を離し、酩酊したような眼差しを向けてきていた。リサまで酔いそうである。

「あっ！」

そのとき、太ももの付け根を指でくすぐられ、リサは机上で腰を浮かせた。

「だ、だめ……それ以上は……」

「でも、濡れてるよ？　やめられて困るのはリサのほうだ」

「……や……やめて……ちゃんと思い出したいの……あなたのこと……」

そう口にして、リサは初めて自分の本心に気づく。こんなにもファティスに惹かれているのに、最後まですることに抵抗があるのは、そういうことだったのだと――。

「……そうか。まだ早かったか」

ファティスはあっさりと手を離し、リサを抱き上げて床に下ろした。

――え？　やめちゃうの？

リサは、なぜファティスを止めてしまったのだろうと後悔する自分に気づいた。太ももは露に濡れ、下肢は彼を求めて疼いているというのに――。

「前も言ったけど、俺、リサがここにいてくれるだけで、夢みたいなんだ。やっと取り戻せた……それだけで幸せだ」

ファティスがリサの毛束を取り、黄金の髪にくちづけた。

リサはそれだけで、ファティスに全身をからめとられたような感覚に陥る。

――どうして……ただの髪なのに……。

このまま、今度こそ自身の全てをファティスに委《ゆだ》ねたい――と、リサが決意した瞬間、男の声が耳に入ってくる。

「……何いちゃついているんだ」

驚いて、リサとファティスが振り向くと、そこには憔悴《しょうすい》しきったソフォクレスがいた。

「ど、どうしたんです？　何か……すごくやつれて見えますすよ」

「木の精《ドリュアス》とお愉《たの》しみが過ぎて、お疲れなんじゃないのか」

ファティスが意地悪そうに片方の口角を上げる。

「愉しむどころじゃないよ！　木の中から這い出るのに時間がかかった……それより、リサ、匂いが消えているんだけど、まさか、こいつと……」

ソフォクレスがファティスを胡乱《うろん》な目で見る。

「そうだ、俺たちはもう結ばれた」

ファティスが真面目な顔で答えるものだから、リサはうっかり同意してしまいそうになるが、いや、そんなことはしていないと、頭を振った。

「そ、そんなでたらめ……！」

ファティスがリサを見下ろし、たしなめるように小声で囁く。

「キスをしただろう？」

「そ……それは……」

リサは顔を熱くしてしまう。

「キスと匂いは関係ないだろう？」

ソフォクレスが不審そうに双眸を狭めた。

——そういえば泉で匂いを消すって！

「あ、あの……ここには匂いを消す泉があるんです。今日、ずっとそこに浸かっていたから」

リサは自分で言っておいて、まるで自分が悪臭を漂わせているようでいやになる。

ソフォクレスが目を見開いたあと、はぁーっと長い安堵の息を吐いた。

——何、安心してるのよ～。

ソフォクレスは明らかにリサの処女を狙っている。セクハラ店長から逃げきれたと思ったら、こちらでもまた貞操の危機である。しかも、危険レベルが爆上げしている。

「無理矢理しようとしたり……しないでくださいね」

ソフォクレスに言ったのに、なぜかファティスが悲しげになって、抱きしめてくる。

「リサ、そんなこと、誰にもさせないから！」

「……って、ファティスが一番襲いそうなんだよ」

ソフォクレスにツッコまれて、ファティスの目つきが極悪になる。

「おまえ、森の外に【移動】させるぞ」

「移動魔法がよほど得意なようだな。さてはファティス、おまえ、聖帝になりたくて、異世界に聖乙女を隠したんだな？」

——どういうこと？

リサがファティスを見上げると、ファティスはソフォクレスを睨んでいた。

「俺とリサの関係を知らないくせに何がわかると言うんだ？」

ファティスが目を眇めているというのに、おかまいなしで、ソフォクレスが笑う。

「わかるさ。私は公子で、まだほのかに残るリサの匂いに狂おしいほどに惹かれている。それに公子として生まれたからには、一度は聖帝になる夢を見る。しかもおまえは今の聖帝と敵対していて……倒すには、自分が聖帝になるのが一番てっとり……」

「黙れ！」

ファティスが怒鳴ってソフォクレスの言葉を遮った。リサの肩に置かれたファティスの手。その指先が肩に食い込む。

「……ファティス？」

ファティスが見たことのないような険しい表情をしていた。

「……おまえに……何がわかる……！」

今にもファティスが剣を抜いてソフォクレスに襲いかかるのではないかと、リサは怖くなる。

――できるだけ争いを避けて生きてほしい……。

ファーガルが剣で貫かれるシーンを思い出して、リサはぞっとした。

――諍《いさか》いをやめさせるには……。

「ごはん」

リサがそう口にすると、ファティスとソフォクレスが同時に「はあ？」とリサのほうを向く。

「そ、そうよ、食事をするために家の中に入ったんだったわ。お腹ぺこぺこよ。みんなで食べましょうよ」

ファティスが困ったように頭をかいた。

「あ、ああ。そういえば……。ディミトリアが用意してくれていた」

「ソフォクレスもお腹空いたでしょう？　せっかくだからいっしょに食べましょう？」

ダイニングに出て、食事の置いてあったテーブルを三人で囲んだ。一見、西洋風だが、メインとなる肉や魚料理はなかった。

「肉、ないのか」

不服そうなソフォクレスを一瞥して、ファティスがスープを口に含む。

「妖精は動物を殺さないんだ」

「……確かに、殺しているところが想像できない」

ソフォクレスが肩を竦めた。

リサはパンのようなものをちぎって食べたが、味はパンよりポテトに近い。

「美味しい」

とりあえず、こちらの世界で食べる初めての料理は口に合った。

「そうか、よかった」

横に座るファティスが和やかな笑みを浮かべたので、リサはほっとする。

「……なんだ、二人、見つめ合って……。リサ、私は木の精《ドリュアス》とは何もありませんでしたからね？」

お向かいに座るソフォクレスが身を乗り出し、熱のこもった眼差しを向けてくる。紫水晶のような瞳に黄金の睫毛がかかっていた。

――絵に描いたような美形ね……。

きれいだとは思うが、リサは全くときめかない。

「リサ、さっき、これ、おいしいって言っていただろう？」

「……ぐ？」

白い実を、横に座るファティスが指で口内に突っ込んでくる。

ほわわんと甘みが舌の上で弾けて、確かにおいしいが、目の前のソフォクレスが不愉快そうにしていた。

ファティスの助太刀《すけだち》にと思って、ソフォクレスに同行を頼んだものの、このままだと平和な森に敵を引き込んだことになりそうで、リサは冷や汗をかく。

食事が終わると、ソフォクレスが隣の部屋に入り、「なんだこれは」と、声を上げた。

ファティスに続いてリサも部屋をのぞくと、そこは寝室で、真ん中に大きなベッドがでーんとあり、枕がふたつ並んでいる。しかも、シーツの上に花が散らしてあった。新婚さん仕様である。

「なんだ、このベッド！　襲う気満々じゃないか！」

ソフォクレスに抗議されて、ファティスが顔を赤くして片手で口を覆った。

「俺がやったんじゃない！　ディミトリアだ！」

――ディミトリアなら、やりかねないわ。

リサは思わず笑ってしまう。すると二人も困ったように笑った。

その夜、リサは大きなベッドで一人で寝て、ファティスとソフォクレスは同じ部屋で牽制《けんせい》し合う形で簡易ベッドを二台入れて、そこで寝ることになった。


まだ薄暗い早朝に、ソフォクレスは目覚め、立ち上がってリサのベッドのほうに向かう。

リサは黄金の髪の毛を広げ、色とりどりの花に囲まれて寝ており、絵画のように美しかった。

暑いのか、腕は上掛けの外に出していて、顔の近くに置かれた左手には青水晶が光っている。

――この指輪は……。

ソフォクレスがよく見ようと近づくと、いつの間にか、ファティスが隣に立っていて、二の腕を掴まれた。

「おかしなことをする気じゃないだろうな」

ファティスは急に現れたので、移動魔法を使ったのだろう。

ソフォクレスは鼻で笑う。

「したくても、おまえがいるからできそうにないな。泉に浸かって薄くなったとはいえ、この匂いだ。眠れやしない。おまえ、リサと二人きりになることも多かっただろうに……よく耐えたな」

「……リサは子どもだ」

美しく艶《なま》めかしいリサを捕まえて、この男は何を言い出すのかと、ソフォクレスは呆れてしまう。

「本当におまえがそう思ってるなら、私が勝てるかもしれないぞ？」

こんなことを言ったら、ファティスが怒るかと思ったが、尊大な目つきで口元をゆるめるだけだった。自信があるということか。

——この男は一体、何者なんだ？

これだけの魔力を持っているのなら、どこかの大公家《たいこうけ》出身のはずである。魔力の弱い白の大公家は置いておいて、ソフォクレスの赤の大公家はもちろんのこと、青の大公家にも、思い当たる二十代の魔法使いはいなかった。

この世界に魔力をもたらすのは聖乙女だ。神の娘たる聖乙女が生まれ落ち、適齢期になると開花《アンシシ》して匂いを放つことで、自身が聖乙女であることを大公家出身の者たちに知らしめる。

次期聖帝選定の儀に集まった志願者の中から、聖乙女が選んだ者が聖帝となり、聖乙女との性交により大いなる魔力を得て、この世を統べる力を手に入れる。

聖乙女を娶った者が聖帝になるので、聖帝の地位は一代限りだ。聖妃となった聖乙女が産むのは息子一人のみで、成人したのち聖帝の出身国の次期大公となり、その子孫に大いなる魔力をもたらす。

大公家出身者が魔力を持つのは聖乙女の血を受け継ぐ者だからにすぎない。だから、前《さき》の聖妃の息子である、現青の大公カリトンがこの世で最も魔力が強いと言われている。

だが、今、この世界は前代未聞の事態にあった。次代の白の大公となる予定だった男児がまだ二歳だったとき、その子も、母である聖妃もともに不慮の事故で命を落としたのだ。

いよいよ、新しい聖乙女の登場が待たれるというときにファティスは、開花した聖乙女を異世界に隠した。

――この男、油断ならない。

「無理に襲っても嫌われるだけだからやめておけ」

ファティスが牽制《けんせい》してくる。意味のない牽制だ。

「この私がいやがられるとでも?」

そうだ。ソフォクレスは次期大公という身分を差し引いても、この美貌によって、女性たちから熱い視線を注がれてきた。女性のほうから言い寄ってくるのが常だ。たとえ相手が聖乙女であろうとも、いやがられるわけがない。

「おまえが襲おうとしても、すぐに俺が駆けつけるから無駄だからな」

ソフォクレスは、リサの指に光る青水晶に視線を落とした。これは〝指標〟だ。リサに何かあったときに、ファティスが駆けつけるための――。

――この指輪を外しても、ファティスは駆けつけられるかな?

ソフォクレスは心の中で勝利の笑みを浮かべた。

リサは二人の声で目を覚ました。

「聖乙女をほかの公子たちから隠したいだけなら、妖精の森にすればいいものを、なんでまた異世界にまで飛ばしたんだ？」

ソフォクレスの非難めいた言葉に、リサは驚く。

——え？　ファティスが私を異世界転移させたの？

リサは、何かのはずみで自分が異世界転移したのだと思い込んでいた。そこをファティスが連れ戻しに来てくれたとばかり。

——だって、ファティスは長い間離れていて辛かったって……？

ファティスの不機嫌な声が続く。

「理由については語りたくない」

ファティスは自身がリサを異世界に転移させたことについて否定しなかった。

——嘘でしょう？

「誰の手も届かないところに隠したかったんだろう？　おかげでリサは記憶をなくして……かわいそうに」

ファティスは何も答えなかったが、リサは答えを知りたかった。ファティスはリサを自分のものにしたくて異世界に転移させたのだろうか。

かなり大がかりな魔法のようなのに、そこまでしてファティスがリサに執着しているのは、リサが聖乙女だからなのだろうか。

——でも、実際に触れあっていると、絶対にそうじゃないって思える……。

ファティスとの過去は思い出せないが、彼は、この世界で唯一、自分そのものを好きでいてくれる人だ。

「……リサ？」

リサは目を瞑っていたのだが、起きていることをファティスに覚《さと》られたようだ。

「……あ、おはようございます」

リサが起き上がると、ソフォクレスが飛んできて、リサの手を取り、その甲にくちづけた。

淡い朝の光の中できらきらと光る黄金の髪。そして上目遣いでリサを見つめるアメジストの瞳——。とてもきれいなのだが、不思議とリサの心が高揚することはなかった。

「リサ、おはようございます。よく眠れましたか？」

「ソフォクレス、くっつきすぎだ！」

ファティスがソフォクレスの肩を掴むが、ソフォクレスはリサから離れようとせず、顔だけ背後に向けた。

「くっつきすぎかどうかは、おまえではなく、リサが判断することだ」

二人の視線がリサに集中する。

──この美形二人からモテてるみたいなノリ、未だに慣れない……。

その後、リサが泉に浸かっていると、ファティスもソフォクレスも近くの木にハンモックを吊るして魔法書を読んでいた。牽制し合っているようだ。

それを見た水の精《ネイレス》たちは大喜びで、リサをからかってくる。

「両方美形ね？」

「でも、妖精の森としては、ファティスを推すわ」

「ファティスと結婚して、ソフォクレスを愛人にするのはどう？」

リサは、話を逸らしたくて思いを巡らせた。

──そうよ！

「私、回復魔法を使えるって聞いたんですけど？」

「ええ。回復魔法を使えるのは聖乙女ぐらいなものよ」

「でも、私、使い方を知らなくて……」

水の精が、ハンモックで本を読んでいるファティスにちらっと視線を送った。

「あら、ファティスに実地で教えてもらったらいいのに」

「ファティスに頼んだら……」

──キスされてうやむやになったんだわ。

「……はぐらかされたので」

「まあ」

水の精たちの瞳がまた三日月になって、クスクス笑い始める。

この反応でリサは、ピンと来た。

「もしかして……回復魔法って接触すれば治るってことですか？」

「ええ、そうよ。手で触るだけでもいいわ」

――よかったー！

唇じゃないとだめと言われるのかと思っていたので、リサはほっとした。

「それだけでケガが治ったりするんですか？　すごいですね」

水の精たちが顔を見合わせ、笑い出した。一人がリサのほうを向く。

「やっと自分のすごさに気づいたの？」

「た、確かに、私のことでした」

――でも、ファティスみたいな魔法使いが近くにいると、すごいと思えないわ。

「回復魔法以外にも、私、魔法を使えるようになりませんでしょうか？」

「どんな魔法がいいの？」

「護身術になるような魔法がいいんです。自分の身ぐらい自分で守りたいと思いまして……」

「あら、いい心がけね」

水の精たちが同時に、にっこり笑う。

こうして、リサは泉の中で魔法を習うことになった。

失くした記憶を取り戻そうとするかのように、リサがこの世界のことを学ぼうとしている。泉の中では妖精たちに魔法の使い方について習っているようだ。

そして今日、ファティスはリサに乗馬を教えてほしいと言われた。妖精たちは裸馬に乗るのだが、人間はそうはいくまい。

ファティスは、馬たちが草を食む草原にリサを連れて行き、従順な一頭の白馬を選んで馬の背に鞍《くら》を載せる。

その間《かん》、リサが馬の胴体を撫でながら、草原の馬たちを見渡していた。

「ここの馬は白馬ばっかりなのね」

そう言うリサは、今日はズボンを穿いて、金髪を後ろでひとつに束ねる少年のような出《い》で立ちだというのに、きれいとかそういう表現を通り越して、妖艶《ようえん》ですらあった。黄金の睫毛も髪の毛も午後の光の中、輝かんばかりだ。

しかも、こんなに距離が近いと、まだあの匂いがする――。

こんなわずかな匂いでさえも、魔法使いの理性を狂わせるには十分だ。

――リサを抱きしめ、その艶々《つやつや》とした桜色の唇に唇を重ね、そして彼女の奥まで自分自身で埋め尽くしたい。

ファティスはそんな欲望に一瞬、ぶるっと体を震わせる。だが、リサの気持ちを尊重したいし、無理強《じ》いするようなことは絶対にやりたくない。

だから、彼女の匂いについて考えないよう、無心で手を動かし、馬具の装着を進める。

今のリサなら森の外に出ても、こんなに近寄らない限りは、ファティスの父のような優秀な魔術師のところにも、匂いが届かないだろう。

——それはつまり、聖帝のところにも届かないということだ。

魔力をほとんどもたない聖帝を支えているのは、ファティスの父の魔力だった——。

ファティスはリサの手を取る。白くほっそりとした指は労働をしたことのない美しさだったのに、剣の稽古《けいこ》で荒れ始めている。手綱《たづな》など握らないほうがいいと思うが、彼女は人形ではない。

リサはファティスと立ち並びたいという一心で、剣やら乗馬やらを習おうとしているのだ。楽をするよりも、他人の役に立とうとする、そんな意志を持って行動するリサに、ファティスはどうしようもなく惹かれてしまう。

「リサ、まずは鐙《あぶみ》に足を掛けて」

ファティスが声掛けしたところで、後ろから蹄の音が聞こえてくる。

「リサ、この私の馬に乗せてあげるから、乗馬の練習など必要ありませんよ?」

頼んでもないのにソフォクレスが、白馬に乗って近寄ってきていた。

——うっとうしい!

今すぐにでもソフォクレスを森の外に【移動】させてやりたいぐらいだ。それをしないのは、リサに頼まれたからだけではない。赤の公子が襲ってきたという報告が聖帝に上がっていることが容易に想像できたからだ。

——情けをかけて妖精の森に入れてやったというのに、この厚かましさ！

そんなソフォクレスを一人置いていけないのが、リサの性分だ。それは彼女が異世界転移する前から変わっていない。

「ソフォクレス、ありがとうございます。でも、私、自分で乗れるようになりたいんです」

リサが鐙に足を掛けようとしてつるっと足をすべらせた。

「威勢のいいことを言っておいて恥ずかしい」

リサの頬がぽっと赤くなる。

——可愛い。

十四歳のリサは本当に可愛かった。美しさの片鱗《へんりん》はあったが、ここまで艶《なま》めかしい美女になろうとは思ってもいなかった。

こんなとき、ファティスは苦しくなる。

あのころは当たり前のように、十五歳のリサ、十六歳のリサ、十七歳のリサ……と、ずっともに過ごせるとばかり思っていたのだ。

——いや、だからこそ、今のリサと過ごせる時間を大切にしないと。

ファティスは笑みを作った。

「初めてだから仕方ないよ。俺の肩に掴まって。片方の鐙の中に足を入れたら、片足で立ち上がって跨るんだ」

「はいっ」

リサが真剣な表情でファティスの肩を掴む。

——素直で可愛い……！

リサがなんとか馬に跨ることができたので、ファティスはリサに手綱を持たせる。

「手綱は短く持って。強く引く必要はない。自分の行きたい方向に体の重心を置けば、そっちに向かって歩いてくれる。前に進んだら、首を撫でて褒めてやってくれ」

「はいっ」

馬が歩き始めたので、ファティスは自身も馬に跨り、横に付きそう。ソフォクレスの馬がリサの馬の前に付いたのが目障りだ。

リサが横を向いて話しかけてくる。

「私、昔は乗馬、うまかったの？」

「どうだろうね。俺は知らない。リサが農村にいたころは乗っていたかもしれないな？」

ファティスが出会ったころのリサが置かれていた環境は過酷で、馬に乗るどころではなかったのだが、ファティスは、そんなことはおくびにも出さない。

再会したばかりのころは、リサがファティスのことを忘れているのが耐えがたく、早く思い出してほしいと願っていたが、よく考えたら、リサの過去は辛いことのほうが多い。

特に異世界転移の引き金になった出来事など、リサが思い出したら、かなりショックを受けるのではないか——。

リサは自分の心を守るために、自分の記憶に鍵を掛けたのだ。

ファティスはそんな結論に至った。だから、辛い記憶を呼び起こすようなことは言わないようにしている。

それなのにリサは、異世界転移をさせたのがファティスだと勘づいたようで、こんなことばかり聞いてくる。

『異世界転移って、どういうときに起こるの?』

『私が日本に転移することになったのって、何がきっかけだったのかな?』

『異世界転移って、相当大がかりな魔法で、あまりできる人はいないのよね?』

リサが窮地《きゅうち》に陥っていて、そこから逃すのに、十六歳のファティスには異世界転移しか思いつかなかったのだが、それを伝えると、危機的状況について説明せざるをえなくなってしまう。話したら、リサの辛い記憶が蘇りそうで、ファティスがはぐらかすと、リサが不満げになる。

——ソフォクレスに何か入れ知恵されているんじゃないだろうな。

このままではファティスが独占したくてリサを日本に隠したと誤解されかねない。いや、すでに誤解されているような気がする。

ファティスはちらっとリサを横目で見る。楽しそうに馬の首を撫でているリサの瞳は空と同じ透き通るような薄青で、そこにきらきらと黄金の睫毛がかかっている。

——いや、確かに独占はしたい。

ファティスがそんな葛藤をしているうちに、広大な草原を一周し終え、リサが一定の速度で馬を歩かせることができるようになった。

「リサ、駈歩《かけあし》発進してみようか？」

「はい、お願いします」

「手綱はピンと張って、両脚で馬の腹を圧迫して。ただし、左脚は少し後ろに引き気味に」

「はいっ」

馬がとっとっとっ、と走り出す。前を走るソフォクレスが馬を駈歩《かけあし》にしたのにつられたというのも大きい。

「わっ、走った！　気持ちいい！」

リサの括られた金髪が馬の尾に合わせるように跳ねる。その前で、ソフォクレスも長い金髪をたなびかせているが、リサとは違って気障《きざ》にしか見えない。

草原を走って何周かしていくうちに日が暮れてきた。

「そろそろ帰るか」

ファティスがそう言って馬を降り、馬上のリサに手を差し出すが、リサは首を振る。

「私、自分で降りられるようになりたいの」

ファティスは手を広げた。

「そうか。もし転げ落ちても俺が受けとめてやるから、一人で降りてみな」

リサは馬上で横座りになってから、すとんと地上に降りると、両手を掲げてポーズを取った。

「できたわ！」

リサがうれしそうに笑うので、ファティスも自然と笑顔になる。

「きれいね……」

そう言ってリサが空を見上げた。

森の向こうの空は、黄色から朱色へと美しいグラデーションを描いている。

妖精の森は、リサがいないときだって穏やかで美しかったはずなのに、風景が全く違っていた。

当時は荒涼として見えた景色も、今は温かく感じられる。

「この馬は、私の馬に速度を合わせてきましたね？」

ソフォクレスがリサに近づいてくるものだから、ファティスの心に荒波が立った。

「そうね。おかげで初めてなのに、変なところに突っ走ったりしなくて済みました。ありがとうございます」

リサが艶《あで》やかに微笑むと、ソフォクレスが一瞬ぼうっとしてから慌てたようにリサの手を取る。

手の甲にくちづけを落として、じとっとこれ見よがしにいやらしい目つきで見上げた。これで落ちなかった女などいないといった得意顔である。

「え？　どうしてこんな丁寧な挨拶を？」

リサが動揺している。誘うような笑みをソフォクレスに向けておいて、これだ。ファティスはリサの腰に手を回して自分のほうに抱き寄せた。

「赤の公国流のただの挨拶さ」

ファティスは『ただの』を強調し、できるだけにっこりと見えるように形ばかりの笑みを作る。

リサがきょとんとしていた。

世界中の魔法使いに体を狙われているというのに、リサはあまり自覚していないようで、ファティスは一人やきもきしてしまうのだった。


そんなある日、リサが夕方、森で、ファティスとソフォクレスに、剣で襲われたときの対処法を習っているときのことだった。

翅の生えた小さな可愛らしい妖精が飛んできて、ソフォクレスの耳元で囁くと、とたん、彼の顔色が変わった。

「なんだって⁉」

ソフォクレスが愕然としている。いつもにこやかなので、こんな表情は初めてだ。

「何かあったんですか？」

リサが問うと、ソフォクレスが瞳だけ向けてきた。呆然とした様子である。

「私の国が、赤の公国が……聖帝に攻撃されているそうです」

――聖帝！

ソフォクレスは聖帝の騎士団とは知らずに、赤の公国の聖獣であるフェニックスの力で鎧の騎士たちを一掃した――。

――私のせいだわ……。

リサはすがるようにファティスを見上げる。ファティスは無表情でじっとソフォクレスを見ていた。

ソフォクレスがファティスのほうに一歩近寄る。

「ファティス、私は赤の公国に戻る。妖精の森から出る方法を教えてくれ。赤の公国に最も近い出口だとありがたい」

ファティスはしばらく腕を組んで黙り込んでいた。心配げにリサを一瞥したあと、口を開く。

「ソフォクレス、俺も赤の公国に行く。聖帝のことなら、俺のほうが詳しいから……」

「ファティス!?」

意外な展開に驚いたのはリサだ。ファティスはソフォクレスのことを邪険に扱っていたのだから。

「妖精の森は安全だから、リサはここにいてくれ」

「えっ!?」

リサの全身から血の気が引いていく。ファーガルもそう言って女神のもとを離れて敵陣に向かい、命を落としたのだ。

「……い、いや。行かないで」

リサが両手でファティスの片腕を掴むと、ファティスが切なげに双眸を細め、小さく首を振った。

「リサ、平和なときなら、そんなふうに言ってくれたらうれしいけど、今回ばかりは、ここでおとなしく留守番していてくれ」

――ファティスがいなくなったら、どうやってこの世界で生きていったらいいの!?

「もう誰も死んでほしくないの」

「死なない、だって俺、強いから」

ファティスが余裕の笑みを浮かべたが、リサには死亡フラグにしか思えなかった。

「なら、私も連れて行って」

「それだけはだめだ」

「だって、私のせいで、ソフォクレスの故郷が……！ ソフォクレス、ごめんなさい。私が頼んだせいで、赤の公国が聖帝の敵になったんですよね？」

ソフォクレスが困ったように眉を下げて笑った。

「いいえ、きっかけはリサかもしれないけれど決断したのは私ですし、敵を倒すのにフェニックスを使ったのも私だから気にしないでください。おかしいのは聖帝のほうなんですから」

ファティスが同意する。

「そうだ。それに元々、聖帝は俺の敵なんだ」

——優しい……。

だが、リサには、ここで一人で待っていることなど到底無理だ。心配で胸が張り裂けそうになってしまう。

——ファティスは不快に思うかもしれないけど、仕方ないわ。

「ソフォクレス、私のせいで、あなたの国が襲われているのに、私、安全なところで一人で待ってなんかいられません。ソフォクレスが連れて行ってくれませんか？」

するとファティスが慌てて肩を抱いてきた。

「リサ、わかったよ、リサの決意は……。俺がリサを連れて行く。リサを必ず守る」

「無理言ってごめんなさい。……足手まといにならないよう、頑張るから」

こうして、リサはファティスとソフォクレスに付いて、赤の公国へと向かうことになった。

第五章　赤の公国《トウリアンダフィリス》にて

ファティスが案内してくれた妖精《ニンフ》の森の出口は、赤の公国《トウリアンダフィリス》の都からほど近い丘の上にあった。

ソフォクレスは肌寒さにぶるりと震える。少し離れている間に、木々は黄や赤の服を脱ぎ捨て、地肌を晒《さら》していた。

視界のいい場所に出ると、遥か向こうに赤の城が浮かぶように建っている。

ソフォクレスが育った赤の城、当たり前のようにそこにあった城が今、周りを聖帝の軍隊に幾重《いくえ》にも取り囲まれている。

ソフォクレスは息を吐く。失望の溜息ではない。感嘆だ。失いそうになってから、こうして見ると、赤の城のなんと美しいことか！

らせん状の石造りの壁が上へ上へと伸び、紺碧の空へと向かって聳《そび》え立ち、いくつも林立する尖塔の屋根は美しい赤瓦で彩られている。

その城へと、聖帝の軍の隊列が延々と続いていた。民を使った戦いなどせず、魔力で対決すればすぐ済むだろうに、聖帝はどうしてここまで兵力を増強したのだろうか――。

「あれだけの兵が城を囲んでいるということは……城にたどり着くまでの間、我が国の領土も荒らしていったということだ」

ソフォクレスは歯を食いしばった。

すると、リサのためらいがちな声が聞こえてくる。

「あの……聖帝に追われているのは私なんでしょう？　だったら、私を聖帝に差し出せば、この軍隊も引き揚げてくれるんじゃないでしょうか？」

「リサ、それだけはだめだ」

ファティスがリサをぎゅっと抱きしめる。リサだって抵抗しない。それなのに、この二人はまだ結ばれていない。

ソフォクレスとしては、ファティスが赤の公国に味方してくれた今となっては、ファティスがさっさとリサに手を出していたらよかったのにとさえ思える。

ただでさえ魔力が強いファティスが聖帝になったら、一体どれだけの力を持つことになるのか。そうしたら、今の聖帝などすぐにでも吹っ飛んでしまうだろうに――。

――待てよ、聖帝がリサを追っている？

「聖帝が聖乙女を追っているとしたら、次代の聖乙女が伴侶を選ぶ次期聖帝選定の儀を開くためだよな？　なぜファティスはリサを連れて逃げているんだ？　聖乙女の匂いまで消して……」

「今の聖帝に次期聖帝選定の儀を開くつもりなどない」

ファティスが断言した。

「なぜわかる？」

「……ソフォクレスもそのうちわかるさ。おまえだって、今の聖帝はおかしいと気づいているんだろう？　ヒントは今の聖帝には魔力がほとんどないということだ」

――そうか、それで、軍隊を増強したのか！

ソフォクレスの頭の中で、点だった事象が一本の線となって繋がった。

つまり、聖帝は聖妃を喪《うしな》ってもなお、いや、喪ったからこそ、新たな聖乙女を手に入れ、そして再び聖帝の魔力を手に入れようとしているのだ。

だが、まだひとつだけ、ソフォクレスに理解できないことがあった。リサに聞こえないような小声でファティスに耳打ちする。

「なら、なぜ、リサに手を出さないんだ？　おまえが聖帝になれば、あんな軍隊、すぐに追い返せるだろうに！　私が邪魔したから、なんてのは理由にならないぞ」

ファティスが瞼を半ば閉じ、眉を上げた。彼はときどきこんな不遜な表情になる。

「聖帝になどならなくても、俺は聖帝に勝てる」

――プライドが高いのにもほどがある！

「おまえの魔力のすごさはわかっている。だが、聖帝がリサを手に入れたらどうだ？　敵《かな》わなくなるかもしれないぞ？」

「聖帝になど、絶対に渡すものか」

ファティスが言い切ると、ソフォクレスの手を握ってくるものだから、ソフォクレスは戸惑いを隠せない。

「な、なんだ？」

ファティスが真顔でこう言ってくる。

「ここで、ぐずぐずしている場合じゃない」

――移動魔法を使うつもりか。

ファティスがもう片方の手でリサの手を握りしめると、目を瞑った。

「ソフォクレス……城内のどこに行きたい？　大公がいるところには石造りの壁、本棚、机が見える。……執務室のようだな」

「見えるのか。すごいな。では、執務室と同じ階にある応接の間《ま》まで頼む」

「わかった。城内の応接の間に【移動】」

次の瞬間、ソフォクレスは応接の間で、椅子に座っていた。

ファティスはリサと二人掛けの長椅子に座っている。

突然現れたものだから、薄い朱色の壁の前で侍従二人があんぐりと口を開けていた。

「公子殿下、魔法でここに移って来られたのですか？　あとのお二人は一体……!?」

侍従たちは、ソフォクレスの魔法だと思っているようだ。だが、ソフォクレスは一気に三人を【移動】させることなどできない。

「お二人は客人だ。それぞれの客間を用意してくれ」

――二人同じ部屋でもいいくらいだ。

ソフォクレスはそう思っている自分に驚く。

リサは聖乙女で女神のような美しさなのに、それを鼻に掛けることのない、明るい娘だ。匂いがなかったとしても惹かれていただろう。

だが、ファティスがリサを置いてまで赤の公国に行くと言ってくれたとき、ソフォクレスは考えを変えた。

――そうだ、私はあのとき、ファティスに敵《かな》わないと思ったのだ。

ファティスはリサのことを心から愛しているのに、彼女を置いてまで赤の公国を救いに行こうとしてくれた。彼は損得をもとに動いていない。

そして、ソフォクレスは赤の公国を愛している。恐らく、リサへの愛情よりもずっと重く深いものだ。

「殿下はいかがなさいますか?」

侍従の言葉に、ソフォクレスはすっくと立ちあがる。

「私は父上に面会する。執務室にいらっしゃるのだろう?」

「はい。大公殿下は執務室で戦いの指揮を執《と》っていらっしゃいます」

「わかった。今すぐ向かう」

ソフォクレスは侍従にそう告げると、リサとファティスのほうを向いた。二人、長椅子で寄り添って座っている。

「しばらく、この城で休んでいてくれ」

そう告げ、応接の間を出て、ソフォクレスが向かったのは、父親である赤の大公エーテルの執務室だ。

「父上、今、戻りました」

　ソフォクレスが広々とした執務室に足を踏み入れると、エーテルが待ち望んでいたかのように、黒檀《こくたん》の執務机から腰を上げた。茶色の太眉の下の大きな目がぎょろりと動く。大きな口が勢いよく開いた。

「……ソフォクレス、どこをほっつき……いや、そんなことはどうでもいい。おまえの力を貸してほしい。聖帝が我が国を攻撃するなんて、気が狂っているとしか思えん！」

　エーテルが激高して拳で机を叩いた。

「これはもう戦うしかありますまい」

　ソフォクレスは父親と向き合って執務机に手を突き、身を乗り出す。

「とはいえ、相手は聖帝だぞ？　勝てるとは思えん。だが、和睦《わぼく》に応じてくれない。そもそも、なぜ我が国が目の敵《かたき》にされているのかさえわからぬ」

　それについては心当たりがいやというほどあるソフォクレスだが、敢えて話さなかった。

「聞いたところによると、聖帝には魔力がほとんどないそうです。こちらに勝算があります」

「……それはありえることだ。聖帝ディンラスが公子だったとき、白の聖獣グリフォンを召喚しているのを見た者はいない。彼が聖妃を失って二十年……。元の魔力の弱い公子に戻っていてもおかしくない。問題は聖帝に仕える魔術師団だ」

　父エーテルは次期聖帝選定の儀で、聖乙女を巡って当時白の公子だったディンラスとライバル関係にあった。当時は、前《さき》の聖帝の息子である青の公子が有力候補だったのだが、儀式に姿を現さず、意外にも魔力の弱いディンラスが選ばれた。

「だが、いいのか。新たな聖乙女《アンシシ》が開花しても、おまえは次期聖帝選定の儀に招待されなくなるぞ?」

父エーテルが聖帝と一戦交《まじ》えるのを躊躇《ちゅうちょ》している訳がやっとわかった。次期聖帝選定の儀に参加できなくなって、ソフォクレスが聖帝になる道を閉ざされては困ると思ってのことなのだろう。

「聖帝は次代の聖乙女をものにして、魔力を得ようとしているのだから、次期聖帝選定の儀など開くはずがありませんよ」

ソフォクレスがそう言い含めると、エーテルが信じられないといったふうに目を見開いたまま、ドシンと椅子に腰を下ろした。

「それが真《まこと》なら、ディンラスは本当に最低だな！　聖乙女がこの世に不在で何よりだ。だから神は次代の聖乙女を我々にお授けにならなくなったんじゃないのか！」

「いえ……聖乙女はおります。しかも開花しています」

ソフォクレスがそう断言したのに、エーテルは片眉を少し上げるだけで、信じていない様子だ。

「では、なぜ匂いがしないんだ?　若いおまえほどは敏感じゃないが、私にだってわかるはずだ」

「妖精の森にある泉で匂いを消したそうです」

「そんな手が……!?」

エーテルが前のめりになって、再び椅子から腰を浮かせた。

「では、なぜ、おまえは聖乙女をものにしようとしない？　強い魔力のあるおまえが新たな聖帝になれれば、誰も今の聖帝には従うまい」

この話を父親にしたのは失敗だったかもしれない。

「それはそうなんですが、父上。聖乙女はすでに伴侶《はんりょ》を見つけておりまして……」

「なら、泉で匂いを消す必要がないはずだが？」

「……そうですね」

伴侶とまぐわってさえいれば、匂いを発さなくなる。

――ファティスが煮え切らないから……。

「おまえならどんな女だって落とせるだろう？　さっさとしないと、聖乙女の処女が聖帝に奪われるぞ！」

「はい。父上。必ずや聖乙女を手に入れてみせましょう」

――リサが聖帝に奪われるような事態だけは絶対に避けなければいけない。

ファティスなら、リサを諦めてもいいとソフォクレスは思っていた。

とはいえ、この何千万もの赤の公国の民の幸せがかかっているのだ。今すぐにでも聖乙女を抱いて聖帝になってもらわないと困る。

――ファティス、おまえがこれ以上グズグズするようなら、私が奪わざるをえなくなるぞ⁉

夜が更《ふ》けたころ、客間の寝室でリサが寝ていると、大きな体に抱きしめられる。同じ部屋で寝ると言い張るファティスを拒否して一人で寝ることになったのに、全く性懲《しょうこ》りもない。

――いえ……違うわ！

長い髪がリサの顔に触れる。暗闇に浮かび上がったのは、ソフォクレスの顔だった――。

リサは慌てて身を起こし、ベッドから下りようとするが、ソフォクレスに手首を掴まれた。

「この国を救うためなんです」

女性を襲う理由としては大義名分に過ぎないか。

「……言ってることが支離滅裂よ！」

「では、私が聖帝だったら？　この国はおしまいですよ」

リサは枕の下から短刀を取り出した。暗闇だから見えないと思ったのだが、すぐにソフォクレスに振り払われた。

「やはり私が来てよかったです。こんな危ないもの……リサがケガをしかねませんよ？」

ソフォクレスが子どもを諭《さと》すようにそう言って、短刀を床に放ると、リサの両手を握ってシーツにはりつける。

彼に首筋を舐められ、リサの全身に嫌悪感が奔《はし》った。

「いや！」

リサは体を横に倒して、首から彼の唇を振り切る。泉で教わった魔法を今こそ使おうと思う。

相手の動きを静止する魔法だ。まずは照準を合わせる。動きを止めたいのはソフォクレスだから心の中で、目の前にいる彼が対象だと念じる。そして呪文を唱える。

「【緊縛】」

残念ながら、その呪文はリサの口から放たれなかった。リサより先んじて、ソフォクレスが呪文をかけてきたのだ。

リサの体が動かなくなる。

――しまった！

「これで、やっと優しくできます。忘れられない素敵な一夜にしてさしあげますよ？」

暗闇の中で、ソフォクレスが瞼を半ば閉じ、耽美的な笑みを浮かべている。

――いや！

心でそう思うが、リサは体を動かすどころか声を発することもできない。

「リサ……この国のためなんて、本当は口実なんです。私はどうしようもなく、あなたに惹かれています」

ソフォクレスが少し掠れた甘い声で囁き、リサを組み敷く。目の前にあるのは、華やかで優美な顔《かんばせ》だ。

ファティスと出会う前なら、リサはときめいたことだろう。だが、今のリサには気持ち悪いとしか思えなかった。

そのとき、なぜかソフォクレスがリサの指輪を指でなぞった。

「リサ、指輪はつけたままにしておきます。私がどうしてもいやなら、ファティスを呼んでもいいんですよ？　すぐに駆けつけるって言ってましたから」

意味がわからない。緊縛魔法をかけられていて声が出ないのに、どうやって呼べというのか。

ソフォクレスに耳を甘噛みされる。

――いやーっ！

心が悲鳴を上げたとき、リサの頭の中に、見たことのない、白い荘厳な部屋が現れた。中央には円型のベッドがある。そこで男に組み敷かれ、泣いている少女は――リサだった。

リサが見上げると、そこには下卑た笑みを浮かべる銀髪の中年男の顔がある。いつの間にか、リサは十四歳のリサに戻っていた。

――誰⁉

今のリサにはこの男が誰だかわからない。ただ、怖かった。体が動かないということは、この男にも緊縛魔法をかけられているのだろうか。

『子どものくせに開花するとはな……つまり天はそれほど急《せ》いてまで、もう一人目を私にお授けになりたかったというわけだ』

――もう一人？

中年男は銀製の高価な短刀を手にしていて、リサの服を左右に切り裂き、乳房が露わになる。

だが、その胸はあまり隆起していない。その小さな胸を男に揉まれた。体が動かないので抵抗できない。

――やめて！

リサの瞳に涙がにじむ。

「……どうして？　泣くほど私がいやなら、なぜファティスを呼ばないんです？　【緊縛解除】もう動けますよ？」

なぜか遠くからソフォクレスの声が聞こえてくる。だが、まだ体を動かせない。銀髪の中年男が舌なめずりをしている。

――いやー！　ファティス、助けて！

リサが心の中で叫んだ刹那《せつな》、リサの指輪の青水晶が光を放ち、リサは体を動かせるようになった。光が消えたときには、リサは赤の城の寝室に戻っていた。そこにファティスが現れる。少年ではなく、青年となった今のファティスだ。

「ソフォクレス、おまえ！　なんてことを！」

ファティスがリサからソフォクレスを引きはがして顔を殴ると、ソフォクレスはベッドから床に飛ばされる。

ソフォクレスは反撃することなく、床に座り込み、殴られた頰を手で押さえていた。

「いや、私はまだ何も……私がいやならファティスを呼べば済むことだと思っていたんだが、リサが錯乱し出して……。とはいえ、その原因を作ったのは私だ。すまない」

――何も？

リサが胸元に視線を落とすと、服は引き裂かれていなかった。

――あれは……夢？

ファティスがベッドに上がり、リサをぎゅっと抱きしめてくる。

「リサ、正気か？　大丈夫か？」

ファティスが心配げにリサの顔をのぞき込んできた。

「私……今、何歳？」

リサは十四歳のリサと今のリサ、どちらの世界にいるのか、混乱していた。

「……二十歳だ。かわいそうに……思い出したのか？」

——思い出した？

だとしたら、さっきの中年男は夢ではなく、記憶の中にあるということだ。ファティスが以前、思い出せないなら思い出さないほうがいいと言っていたのはこの記憶のせいなのだろうか。

「前も今も俺が守っただろう？　だから、大丈夫だ」

子どもに語りかけるような優しい声だった。

「前も……守ってくれたのね？」

「ああ。あのとき俺はまだ子どもで、妖精の森の存在すら知らず、守りたい一心で、リサを異世界にまで飛ばしてしまった」

ファティスの表情が悔恨で歪んだ。

「……そう……そうだったの……ファティス……ありがとう」

リサの頬に涙が伝う。さっきの恐怖の涙とは違い、感謝の涙だった。

そのとき、外から破壊音が聞こえてくる。

リサが窓外に目を向けると、まだほの暗いが夜が明け始めていた。

「……始まった！」

ソフォクレスがそう叫んで寝室を飛び出していった。

「リサ、俺から離れないように」

ファティスは夜中だというのに、寝衣ではなかった。元々いつでも出動できるようにしていたのだろう。腰ベルトには長剣が下がっていて、紺色のマントまで羽織っている。

「ファティス……私、離れない、離れたくない」

リサはファティスにしがみつく。

「リサ、君を襲おうとしたソフォクレスは赦せないけれど、俺、赤の公国が滅ぼされるわけにはいかないと思ってるんだ」

ファティスは戦う気だ。

きゅっと、リサは心臓が締めつけられる。ファティスが命を落とすようなことになったら、リサは生きていけるだろうか。むしろ、生きていたくない。いつの間にか、こんなにもファティスが大事な人になっていた。

「ファティス、敵はあんなにいっぱいよ。戦うにしても一人では限界があるわ」

「……リサはいつも俺の心配ばかりだ」

ファティスが頭頂にキスを落としてくる。それだけで心が温かくなる。

「俺が狙うのは大将だけだ。ほかの兵士を傷つける気はない」

「そ、そんなのいよいよ危ないわ……」

「リサ、俺はこの世界で最も実力のある魔法使いだよ？」

ファティスがふっとやわらかな笑みを浮かべる。

その笑顔があまりにも優しくて、リサは引き寄せられるように顔を近づけ、頬にキスをした。

――これが最後のキスになりませんように。

するとファティスが意外そうにリサを見つめてくる。

「リサが頬にくれたら、キスで返さないとな」

「えっ？」

リサの背にファティスの腕が回りこみ、深いくちづけとなる。

「……ふぁ」

唇が離れたとき、ファティスが顔を近づけたまま離れがたそうにしているものだから、リサの目に涙がにじむ。別れを予感していた。

「この客間は城の中枢部で一番安全だ。ここでおとなしくしていてくれ。服に着替えて短剣をポケットに。ソフォクレスみたいに顔見知りが相手でも臨戦態勢で。いいな？」

「う……うん。無事で帰ってきて」

瞳から涙が零れ出し、リサはそれを見られたくなくて、ファティスの胸に顔を押しつける。

「……俺よりリサが心配だ。何かあったら心の中で俺を呼んでくれ、さっきみたいに。この指輪があれば、それを指標にいつでもたどり着ける」

「え!?」

――ソフォクレスが言っていたのはこのことだったんだわ！

「……ソフォクレスも同じことを言っていたわ」

「どういうことだ？」

ファティスが怪訝そうに眉をひそめた。

「ソフォクレスが、指輪はつけたままにしておくから、どうしてもいやなら、ファティスを呼んだらいいって。そしたら　すぐに駆けつけてくれるって。あのとき【緊縛】で声が出なかったから、呼ぼうにも呼べないって思ってたけど……心の中で呼べばよかったんだわ」

リサは自身の指を飾る青水晶をまじまじと見つめる。今は元の透明感のある青に戻っているが、さっきは光を放っていた。

「あいつ……俺をけしかけたつもりか！」

ファティスが唖然としていた。

「……悪い人じゃないわ」

「余計なお世話なんだよ。君にまたあの恐怖を味わわせるなんて……赦せない」

「私は、もう大丈夫」

リサが首を伸ばしてファティスの頬にキスをすると、ファティスの眉間からしわが消えた。

ファティスがリサの唇にキスを返してくる。

「じゃ、行ってくる」

ファティスが自分に言い聞かせるようにそう告げて微笑んだ。

「……気をつけて」

リサはなんとか笑顔を作ることができた。

だが、ファティスが踵を返して部屋を出ていき、扉が閉まると、急激に悲しみが込み上げてくる。自分でもわからないが、涙がとめどなくあふれてきた。

――ファティス、どうか無事で！


ファティスは、リサの客間から回廊に出るとすぐに、ソフォクレスのいるところに【移動】する。空はもう白んでいた。

ソフォクレスは赤の大公とともに城の屋上にいた。いくつもある尖塔のうち、最も高い屋根の上なので、城壁の周りを囲むおびただしい数の兵が目視できる。兵たちが破城槌《はじょうつい》を使って城門を突くたびに轟音《ごうおん》が上がっていた。

ファティスに気づいたソフォクレスがきまり悪そうにしている。彼の左頬は赤く腫《は》れあがっていた。

「ファティス、もう協力してくれないかと思っていたよ」

ソフォクレスは、ファティスがリサに手を出さないものだから、痺れを切らしたのだろうが、赤の公国を救いたいからといって、リサの気持ちについて考えが至らなさすぎだ。だが、今は、そのことについて文句を言っている場合ではない。

「おまえに協力するんじゃない。赤の公国のためだ。破城槌を使う兵士を止められないのか？」

ソフォクレスが渋い顔になった。

「私たちが緊縛魔法を使っても、聖帝の魔術師団に跳ね返されるんだ」

――その魔術師たちの中に父がいないといいんだが……。

ファティスとしては、父親と対決したくないというのもあるが、父イオエルは、聖帝の第一魔術師で、魔法についての知識が深く、魔力を巧みに操る能力の持ち主なので、いないほうが助かるというのが大きい。

ソフォクレスと赤の大公が力を合わせても魔力で圧倒できないとなると、兵力で争うことになるが、赤の公国の兵力には全く期待できない。

「兵力では太刀打ちできないんだろう？」

「ああ」

思った通りだ。もともとこの世界は、強大な魔力を持つ聖帝が平和に統治するのが前提だから、公国が持っている兵力なんて、治安維持のためだけで、たかが知れている。

一方で、今の聖帝は魔力が弱い分、実力ある魔術師を揃えたり、軍事力を増強したりと、保身に余念がない。

「結局は大公、ソフォクレス、俺の魔力で対抗するしかないということだ」

二人の話を聞いていた大公エーテルが近づいてきた。聖乙女の孫だ。ほかの者とは次元の違う魔力を感じる。ソフォクレスとは正反対で、エラの張った輪郭に太い眉、大きな目と、雄々しい顔をしていた。

「ソフォクレスに聞いていたが、ファティス、今まで君ほど大きな魔力を感じた者はいないよ」

エーテルもファティスに対して同じことを感じ取ったようだ。

「私も大公殿下ほどに大きな魔力を感じたことはありません」

「ソフォクレスから、聖帝は魔力がほとんどないと聞いたが、それは真《まこと》か？」

さすが大公、姿勢を正して応じないと、と人に思わせる威厳がある。

「ええ。本当です。聖妃が存命のときも聖獣の召喚ができませんでした。一説には聖妃に嫌われていたせいではないかと。その代わり、えりすぐりの魔術師を揃えています。聖乙女の曾孫《ひまご》、玄孫《やしゃご》クラスなら何人もおります」

「つまり今、聖帝は元の魔力の弱い白の公子に戻っているということだな。ならば、我々がフェニックスを召喚しても従わせることはできない、そうだろう？」

「そうです」

ファティスがきっぱりと答えると、エーテルが何か思案するような顔になり、ソフォクレスのほうに向きなおった。

「この者を信じていいのか？」

「ええ。十代で聖帝に歯向かった筋金入りですから。しかも、妖精たちに祝福されていました」

ソフォクレスが神妙に答えると、エーテルは物珍しいものでも見るかのような眼差しでファティスを見つめてくる。

「君はどこの公国出身なんだ？」

　ファティスは片方の口角を上げてみた。

「それは戦いが終わったあとにしましょう」

　そう言ってはぐらかしたのは、ファティスの父が聖帝側の大物魔術師だとわかったら、赤の大公の信用を失いかねないからだ。

　エーテルが小さく笑う。

「まあ、いい。まずは戦うことが先だ。ソフォクレス、おまえも召喚するんだ」

「もちろんです」

「【召喚】出《い》でよ、フェニックス」

　エーテルとソフォクレスが同時に唱えると、空に二羽のフェニックスが突如出現し、上空を旋回し始める。

「聖帝が我らのフェニックスを操れないとなれば、城門を壊そうとしている兵士たちをフェニックスで蹴散らせばいいだけだ」

　勝利を確信したかのようにエーテルが息子に微笑みかけた。

「父上、城門を破壊している者たちなら、私だけで十分です」

　ソフォクレスがそう答えると同時に、ばさりと風が立ち、どんっと、一羽のフェニックスが屋上に降り立つ。

フェニックスに乗ろうとするソフォクレスに、ファティスは近寄って耳打ちする。

「人が死ねば、リサが悲しむぞ」

「これ以上、嫌われたくないからな」

苦笑いで答えたソフォクレスはフェニックスに跳び乗り、城門へと突進していく。フェニックスは兵士に火を吐くことなく、石造りの破城槌を両の趾《あしゆび》で掴むと、一気に高度を上げ、誰もいない石畳に落として破壊した。

破砕音《はさいおん》が立つのと同時に、フェニックスは再び急降下した。

兵士たちの叫び声が聞こえたが、これなら殺さずに城門を守れる。どうやらファティスの忠告は受け入れられたらしい。

そう思ってファティスがほっとした瞬間、城門の向こうで火柱が立ち昇った。

――どういうことだ!?

さっき、ソフォクレスが言った『これ以上嫌われたくない』という言葉には嘘がないように思えた。

と、そのとき、もう一羽のフェニックスが現れる。その背に乗る金髪の男は聖殿の司祭の衣裳を身に纏《まと》っていた。見覚えがある。

――聖帝の第二魔術師ユーラスだ！

火を噴いたのはソフォクレスではなく、ユーラスのフェニックスだったのだ。

ソフォクレスのフェニックスは火傷《やけど》を負ったらしく、再び飛翔することなく、その場で羽を広げて伏せっていた。

――ソフォクレスが危ない！

エーテルがファティスに怒りをぶつけてくる。

「ファティス、聖帝は聖獣を召喚できるじゃないか！」

「大公殿下、あのフェニックスの背に乗っているのは司祭で、赤の公国出身のユーラスです」

ファティスはエーテルを動揺させないよう、努めて淡々と答えた。

「……甥のユーラスか！　聖都で司祭をしていると聞いていたが……」

非が自分側にあることに気づき、エーテルが肩を落とした。

「恐らくその方かと……」

「故国を攻撃するとはなんたることか！」

「きっと、次代の赤の大公の座を狙っているのでしょう」

ファティスの言葉に、大公が目を見開き、ぎりぎりと歯を食いしばる。

「……そうはさせるか！」

今度は大公自らがフェニックスに跨り、息子の救出に翔び立った。それに気づいたユーラスのフェニックスがエーテルのほうに向かってきて炎を吐く。エーテルは難なく炎をかわした。

とはいえ、赤の大公としては、フェニックス同士を争わせるなど、自分の子ども同士が戦うようなもので、見るに堪《た》えないことだろう。

だが、このままだと、どうしても周りの兵士たちも犠牲になってしまう。

――俺は召喚したくなかったんだが……。

平和な異世界での暮らしが長かったリサは兵士の死を悲しむだろう。

「【召喚】ドラゴン、我がもとに出《い》でよ！」

朝焼けの空から、大きな翼を誇示するかのように広げたドラゴンが翔んでくる。通り過ぎるときに、ファティスはその背に跳び乗った。

ファティスは母親が青の公国《カタガーラノス》の血筋を受け継いでいるからか、ドラゴンが召喚できる。普通は、もっと聖乙女の血が濃くないと召喚魔法など使えないはずなのだが、妖精の森で修行しているときに召喚できることに気づいた。

――水流で、ユーラスのフェニックスの攻撃を封じてやる。

と、そのとき、ファティスの背に激痛が奔《はし》った。矢で撃たれたようだ。

――どこにこんな部隊が……⁉

聖獣をおびきよせて、その背に乗る人間を狙う――。魔法だと魔法使いに勘づかれるが、物理ならばれない。聖帝の狙いはもともとファティスだったのだ。だから、赤の大公親子のときは矢を放たなかった。向こうのほうが一枚上手だったというわけだ。

ファティスはドラゴンから落下してしまうが、彼を受けとめようと、ドラゴンが急降下したため、ドラゴンの背に落下した。皮肉にも、ファティスはさらに打撲を負うことになる。

ドラゴンは、負傷したファティスを再び背に乗せて宙《そら》を上昇していく。高いところなら矢が届かない。

一方、リサは部屋の中でじっとしていられず、バルコニーに出て戦いの動向を注視していた。

フェニックス同士の戦いが始まったときは肝を冷やしたが、ドラゴンが現れたのには驚いた。大きな翼と長い尾を持つ西洋風な翼竜だ。

サファイアとエメラルドグリーンが入り混じったような美しい肢体のドラゴンに乗って、ファティスが滑空《かっくう》したときは胸を熱くした。公子でなくても聖獣が召喚できるなんて思ってもいなかった。

だが、次の瞬間、そのファティスがドラゴンから落下した。

リサは全身の血の気が引いて、叫ぶことすらできなかった。

幸い、落下したファティスをドラゴンが受けとめたが、ドラゴンにファティスの手当てができるとは到底思えない。

――そうよ、まだファティスに力が残っていれば……。

リサは指輪の青水晶をじっと見つめる。

――ファティス、私のもとに戻ってきて！

リサが心の中でファティスを呼ぶと、青水晶が再び光を放つ。

いくら明るくなってきたとはいえ、バルコニーでまばゆいばかりの光が放たれ、これでは目立ってしまう。リサが慌てて屋内に入ったところ、ベッドの上に、どさっとうつぶせになって現れたのは血まみれのファティスだった。打撲どころではなく矢傷を負っている。

——それで落下したのね！

「ファティス！」

リサはベッドの上に跳び乗った。

「リサ……かっこ悪いとこ……見られた……」

「な、何を言ってるの！　この矢、どうしよう！　お、お医者さんを！」

リサがベッドから下りようとしたところ、手首を掴まれる。その力がそれほど弱々しくなかったので、リサはほっとした。

「いい。自分で取れる」

「えっ⁉」

ファティスが背に手を回し、ぐっと矢を抜き取った。どくどくと血があふれ出す。

「こ、これ、包帯か何か……。そう、止血しないと……」

リサは恐ろしくて震えてしまう。ファティスを失ってしまうのではないかという恐怖は想像を絶するものだった。

「いや、いい。キスして……くれれば……」

「こ、この期《ご》に及んで！」

——いえ、待って。

以前、ファティスに、どうやったら魔法で治療することができるのかを聞いたとき、キスで返されたことがある。

──あれは、からかったんじゃなくて答えだったの？

理沙の部屋で、ファティスが疲弊したときも同じようなことがあった──。

「わ……わかったわ」

リサは、うつぶせ寝のファティスに添い寝して、横を向くファティスの顔に顔を近づける。唇を突き出し、タコにでもなった気分でぶっちゅーと、ファティスの唇に唇をくっつけた。

息継ぎで唇を離すと、ファティスが呻くようにこう言ってくる。

「……もう少し色っぽくできないのか？」

「そんなへらず口を利く余裕があるなんて、何よりだわ！」

リサは再びキスしながら、彼のシャツを脱がせ、背の傷口に手を回す。すると、ファティスの顔から険しさが消えていった。

「……痛みが引いてきた」

──よかった。

この調子だと死ぬことにはならなさそうだ。

そのとき、ギエェという叫び声が外から聞こえてくる。

「あれは……大公の……フェニックス……」

ファティスが上体を起こした。少し痛むのか一瞬、片目を瞑ったが、背から新たに血が流れることはなかった。信じられないことに手を当てただけなのに止血されている。

「ファティス、せっかく助かったんだから、ここでじっとしていて！」

リサも身を起こして横からファティスを抱きしめる。

そのとき、ソフォクレスがリサを襲おうとしたときの言葉が思い浮かんだ。

『この国を救うためなんだ』

聖乙女を娶ったものは聖帝となれる、ということはそういうことではないか。

――記憶を取り戻してからにしたいってわがままを言ったせいで、ファティスに余計な苦労を背負《しょ》い込ませているんじゃ……。

それなのにファティスは『俺はリサに求められて抱きたい』と言ってくれた。

「……ファティス。あの……」

「ん？」

ファティスが優しげな眼差しを向けてくる。

――抱いてください。

リサはそう言いたかったが、ケガ人相手に言うことがはばかられた。だが、結ばれれば、きっとファティスは完全に回復するはずだ。それだけではなく、とてつもない力を手に入れるかもしれない。

ファティスの眼《まなこ》が再び窓外のほうに向いた。ときどき聞こえるフェニックスの鳴き声に耳を傾けていて、今にもここから飛び出して行きそうである。

――時間がないわ。

リサは自身の服を脱ぎ始める。

「リサ、どうした？　俺と裸で抱き合いたくなった？」

重傷を負っているくせに、ファティスが片方の口角を上げて悪戯っぽい瞳を向けてくる。

「そうよ。だから脱いでいるの」

リサの目は据わっていたかもしれない。

「え？」

自分で言い出しておいて、ファティスが動揺している。

リサはワンピース状の下着を頭から抜き取る。これで一糸纏《まと》わぬ姿となった。

ファティスの血まみれの背中。その患部にリサは手を置く。

「私と結ばれたら、こういう傷も治るの？」

ファティスが苦々しい顔ではぁっと溜息をついた。

「リサ、そういうことか。本当に君は他人《ひと》のことばかり考えて……。まだ思い出してないんだろう？　同情で身を捧げられてもうれしくないよ。さっき手を当ててくれたから、かなりよくなったし」

「な、何よ、いつもは隙あらばせまってくるくせに……昔のことは思い出せないけど、今のファティスのことを好きになったから……だから……」

リサは言っても仕様がないと思い、ファティスの頬にくちづける。

すると、ファティスがリサを押し倒して仰向けにした。

リサの真上にファティスの顔がある。ソフォクレスにこうされたときは恐怖しかなかったのに、今はむしろ喜びがあふれてくるから不思議だ。

――いいえ、不思議じゃない。私、ファティスと、ファティスだけと、こうなりたかったんだわ……。

「……リサ、君が頬にキスするときは唇に欲しいときなんだよ?」

「忘れていても、私は私ということ……?」

ファティスがリサの左右に肘を突き、顔を近づけてくる。口の中に舌が入り込むと同時に、胸のふくらみが硬い胸板に押しつぶされた。

「……ふぁ」

ファティスが間近で愛おしそうな眼差しを向けてくる。

「リサ、異世界で違う姿形をしていたときも、リサはリサで、いつだって俺はリサのことが好きでたまらないんだ」

「……私、本当はずっとファティスが欲しかった……」

リサは喉もとまで熱いものが込み上げてきて涙ぐみそうになる。

「リサ」

再び、ファティスが唇をむさぼってきた。くちゅくちゅと舌をからめあっていると頭の奥がじんじんと痺れていく。二人の境界が曖昧《あいまい》になっていく。

彼のしなやかな胸筋にこすられるたび、乳首にぎゅっと悦《よろこ》びが集まっていく。

リサはもっと近づきたくてファティスの肩にすがるように腕を回す。彼の温かく大きな体に包《くる》まれて、ようやく、自分がまぎれもないこの世界の住人になれたような気がした。

「……ファティス」

目尻から雫が零れる。リサは、いつだってずっと彼の温もりを求めていた。

アニメに興味のなかったリサがファーガルにどうしようもないほどに惹かれたのは、ファティスを希《こいねが》ってのことだ。今になってようやくわかった。

ファティスが、こめかみ伝う涙を舐めとってくれる。舌がそのまま耳へと落ちていき、耳朶をしゃぶられた。

「……ぁあ……」

——なんだか……変な……気持ち……。

ぞくっぞくっと間断なく快楽が湧き上がってくるものだから、リサは肩を縮める。

やがてその舌は首筋を伝い、胸のふくらみを這い上がっていく。次第に核心に近づいてくる感覚に、リサは悶えた。

「あっ」

ファティスの唇が吸いつくようにその頂を覆い、乳首に舌をからめてなぶってくる。すでに敏感になっていた蕾をぬめった舌でこすられていくうちに、リサの瞳は再び涙に濡れ、はぁはぁと吐息が止まらなくなる。

そのとき、くちづけされていないほうの乳首に甘い痺れが奔《はし》った。ファティスが大きな手で乳房全体を覆い、指でその先端をぐりぐりと撫でていたのだ。

片方の乳首は舌をからめて吸われ、もう片方は手で愛撫され、リサの喉奥から鳴き声のような高い音があふれ出して止まらなくなる。

「んっ……ふぁ……ぁ……ふ」

「……可愛い声……もっと……聞かせて」

掠れた声に、リサは再びぞくりと快楽に浸される。彼の息が濡れた乳暈にかかり、それもまた、新たな快感を呼び起こす。

ファティスが今度は、指で弄《もてあそ》んでいたほうの乳暈にかぶりつき、もう一方の濡れた乳首を指間に挟んで乳房全体を揺さぶってくる。

「あ……ファ……ファティス……そんな……」

このままだとおかしくなりそうだ。

リサはじんじんと下腹を熱くし、ファティスの脚に自身の脚をからめる。彼は上半身しか脱いでないので、すねに巻かれた革紐が当たるが、それよりも胸の愛撫でもたらされる快楽で頭がいっぱいになっていた。

「リサ……リサ」

ファティスが乳首をぎゅうっとつまんで引っ張りながら、再び顔の位置を上げ、首筋にくちづけてくる。少し乱暴な胸の愛撫が未知の悦楽をもたらしていた。

「あ……ファティス」

「……リサ……」

ファティスがキスを深めながら、手をリサの下腹へとすべらせる。淡い繁みを通ったのち、たどりついた谷間は蜜をたたえていた。

「そろそろ……いいね？」

ファティスが片方だけシーツに手を突き、少し上体を起こす。もう片方の手は、リサの秘めた場所を前後に撫でていた。くちゅくちゅと水音が立っている。

「ふぁ……ぁあ……」

リサはぎゅっと目を閉じ、脚をびくびくと震わせることしかできない。

「こんなに濡らして……俺を受け入れようとしてくれているんだな、リサ」

「ふぅ……ふぅん」

リサは返事をしようとしたが、こんな気の抜けた声しか発せられなかった。

ファティスが掌を付け根から太もものほうへと這わせてリサの脚を左右に広げ、その間に身を沈ませる。

「リサ……愛してる」

ファティスがリサの額にくちづけると同時に、切っ先をリサの蜜孔にあてがう。

目の前のファティスの顔は真剣そのもので、リサの胸はきゅんと高鳴る。

尖端だけを受け入れた蜜口がひくひくと痙攣したのを感じた。まるで、彼を待ちわびているようだ。

結ばれたら、ファティスの矢傷は治るのだろうか。いや、それよりも、この世界全体を制御《せいぎょ》するような力をファティスが手に入れるのだろうか。

——ファティスはそれでも変わらないよね？

怖くない、といえばそれは嘘になる。

そのとき、ファティスの瞳が細まり、優しさを纏《まと》った。

——でも今は、この眼差しを信じるのよ。

「リサ、怖いのか？」

ファティスが気遣わしげにこう聞いてくる。きっとこの『怖い』は処女を喪うことに関して言っているのだろう。そう誤解されたままにしておきたい。

「う……ううん。大丈夫」

「優しくする」

ファティスの鋼のような体がしなやかに反り、リサの未踏の路《みち》を押し開いていく。彼自身がのめりこんでくる。

「あっ」

そう小さく叫んだはずみで、リサは彼の剛直を締めつけた。

「……く」

ファティスが双眸を狭める。辛そうな気持ちよさそうな、見たことのない表情だった。

彼の灼熱《しゃくねつ》でみっしりと奥まで塞がれると、リサの下肢に痛みが奔《はし》る。

「いっ」

リサは驚きもあって、声を上げてしまう。

するとファティスが「大丈夫か？」と、思い遣るように顔をのぞき込んでくる。彼が少し腰を退《ひ》いた。その動きで蜜襞がこすられ、リサは身をよじって小さく喘ぐ。

その様子を見て平気だと思ったようで、ファティスがゆっくりと抽挿を始めた。

「あっ……ファティ……ス……ぁあ」

リサはシーツを掴んで腰を浮かせる。

ファティスが隘路《あいろ》を奥まで押し開き、再び退《しりぞ》こうとしたとき、リサはファティスの腕を掴んだ。

「あ……ファ……ファティス……行かないで……しばらく……このまま……で」

「リサ……？」

少し驚いたように目を開いたあと、ファティスはリサに体重をかけないように、リサの背とシーツの間に腕を回りこませて抱きしめる。

最奥まで彼に埋め尽くされた内壁は、脈打つ彼自身を感じ、体はファティスにぎゅっと抱きしめられ、リサの感覚の全てがファティスのためだけに開かれているようだ。

「リサ……、リサ、リサ、リサ……」

ファティスがその言葉しか発せられなくなったかのように繰り返しリサの名を呼んでいた。

ファティスが熱くなっていく。彼の中で大きな変化が起こっているのがリサにはわかった。

リサもまた自身の中で、何かが解き放たれるのを感じていた。溶け合うのは二人だけではない、世界との境界が失われていく。世界は自分で自分は世界だ――。
時間もまた曖昧になっていき、リサの意識は過去へとさかのぼる。

第六章　初恋の思い出

――見える、見えるわ……。あれは九年前の私。

銀の柵で閉ざされた聖殿の門前に、金髪を肩まで伸ばした青い瞳の少女が心細そうに立っている。幼いころに母を亡くし、男手ひとつでリサを育ててくれた父を喪《うしな》い、十一歳のリサは、女官である伯母を頼って、一人ここまで来た。

引き取ってくれるぐらいだから、ラミア伯母はいい人に違いない。だが、伯母は伯母だ。父親とは比べるべくもない。

『リサ、すまない、また焦がした。父さん、料理が下手でごめんな』

『リサ、この本、肥料屋のニキアスにもらったんだが、面白いんだって』

父親がリサを呼ぶときの声が何度も頭の中にこだまする。今後、もう二度と名を呼んでもらえないなんて、晴天の初夏だというのに、心が寒くて凍えてしまいそうだ。

ラミア伯母に遣わされたという衛兵が門を少し開けてくれた。伯母はこんな遣いを出せるほど身分が高いようだ。

門の中に入ると、そこは別世界だった。広大な敷地の芝生は均一の高さに刈り込まれ、ところどころに華麗な石柱が立ち並び、円形の石畳の装飾は美しかった。

リサが見上げると、いつも遠くから見ていた荘厳な本殿が、天まで聳《そび》えるように目の前にあり、その頂にあるペガサスの彫像が遥か彼方《かなた》に見える。青空のもと、翼を広げる白いペガサスは美しかった。

リサが連れて行かれたのは聖殿の本殿ではなく、本殿の裏手にある宿舎のような建物だった。華美ではないが白壁が美しい六階建てだ。本殿で働く人たちがここに住んでいるのだろう。

通された応接室も白壁が美しく、家具は木製だが、どれも丸みを帯びた美しい設計だった。

リサは大きな椅子に座って脚をぶらぶらさせていた。座面に青と黄金の刺繍が縫い込まれた布張りの木製椅子だ。こんな立派な椅子に座ったことがないので、リサは心が落ち着かない。

やがて扉が開き、現れたラミア伯母は、威圧感のある小太りの中年女性だった。黒髪にはしばみ色の瞳で、リサとは全然似ていなかった。

ラミアは背を屈めてリサと目の高さを合わせたりすることもなく、下目遣いでリサを見下ろした。伯母の眼差しは姪へのものではない。子ども心にわかった。何か品定めでもするような目つきだったのだ。

——この人、怖い……。

第一印象は当たっていた。

のちにわかったのだが、女官ラミアはリサの伯母でもなんでもなく、どの子に対しても伯母のふりをして、聖都中の孤児をここに集めていたのだ。それは決して慈善事業ではなく、金儲けのためだった。

見目のいい児童は男女問わず、見た目を磨かせて身分の高い男性に性奴隷として売り、そうでない児童には聖殿の司祭たちのための料理や洗濯だけでなく、衣服や靴の製造までさせて、ラミアは多額の資金を得ていた。

司祭には賄賂《わいろ》を贈っているし、聖帝には若い娘を献上しているので、ラミアのやりたい放題だったのだ。

「リサ、あなたは幸運よ。かなりの上玉だから、これからもっと磨いてあげる」

そのときリサは、ラミアが何について語っているのかわかっていなかった。

リサにあてがわれた部屋の壁は岩がむきだしで、半地下にあり、天井近くに顔ぐらいの大きさの窓があるだけだった。部屋の中には二段ベッドが左右にふたつあり、そのベッドとベッドの間は人が一人通れるぐらいしか空いていなかった。

この建物は、聖帝のお膝元の聖殿の中にある。少なくとも、リサが住んでいた農村よりいい暮らしができるものだと思っていたので、リサはひどく落胆した。両親がいないだけでも十分辛いのに、この環境は過酷すぎる。

――外に出たい。太陽の光が浴びたい……。

先住の三人は三人そろって青白い顔をしていた。部屋に窓がないのは、ここで暮らす娘を色白にするためらしい。用を足すときと入浴以外はほとんど部屋から出られず、陽の光を見ることがないそうだ。

部屋から出るときの行動は必ず二人一組になっていて、リサはマイアという十五歳の美しい銀髪の娘と組まされていた。お互いを監視させるシステムだ。新入りの娘は年長の娘とコンビを組むことが多いという。

食事はちゃんとしていて、肌に塗るクリームや髪を艶々《つやつや》にするヘアオイルも支給された。毎夜、マイアと二人一組で、お互いの髪の手入れをした。

同じ部屋の子たちとのおしゃべりで少しは気がまぎれたが、生来活発で外を走り回るのが好きなリサには耐えきれない環境だった。

——せめて本でもあれば……。

そうしたら、心の中でだけでも、違う世界へと旅立てる。だが、本を読むことは禁じられていた。リサは、昔読んだ本の内容を思い出しながら、ベッドの間の狭い道を行ったり来たりした。でないと、体がなまってしまう。

聖殿に来て二ヵ月もしたころだろうか。ある朝、怒声でリサは目を覚ました。

「三人とも出ておいで！」

久々に聞いたラミアの声で、かなり憤っている様子だった。

リサが二段ベッドの上から、はしごで下りると、ほかの二人が震えあがっていた。

——これから何が起きるの？

それより、下のベッドにマイアがいないのが気になった。

「マイアが逃亡して捕まったわ。ここから勝手に逃げようとしたら、どんな目に遭うか、見せてあげる！　三人とも来なさい」

リサたちは回廊に連れ出された。半地下にはリサたちの部屋以外にも、たくさん部屋があるのだが、全て扉が黒い布で覆われていて、中が見えないようになっている。

端から二番目の扉の前まで来ると、ラミアが立ち止まって、リサたちに、この扉の周りに集まるよう手でうながした。

「逃げた子はこうなるのよ！」

扉にかかるカーテンを引くと、リサたちの部屋と同様に小窓がある。そこから中が見えた。家具が何もないむき出しの石造りの部屋はリサたちの部屋よりも薄汚れていて、ベッドがひとつもない。その隅で、ずた袋のような服をかぶせられたマイアが頬を涙に濡らして膝を抱えている。

二ヵ月という短い期間だったが、リサはいつもマイアと行動していた。マイアは優しくて、ここでうまく生きていく術《すべ》を伝授してくれた。姉のようだった頼りがいのあるマイアが今、惨めなちっぽけな存在に見えた。

——どうして逃げようだなんて……！

今、マイアは狂人のように目を見開いている。

「さあ、マイア、蛇が来たわよ」

ラミアが中に聞こえるような大きな声を出した。

「え、あ、ぁあ！　いやぁ！」

マイアが急に立ち上がり、頭を抱えて独房の中を逃げ惑っている。

「魔術師様に、最も嫌いなもので独房がいっぱいになる幻覚が見えるようにしていただいたのよ」

その瞬間、怒っていたラミアの唇が弧を描いた。

リサは恐怖でぶるっと震える。

ラミアの笑顔は怒っている顔よりも恐ろしく、リサの記憶に深く刻まれた。

その日から食事が届かなくなった。用を足しに部屋を出ることも禁止され、部屋の中に悪臭が漂う。

三人、それぞれのベッドでぐったりとしながら、食べ物のことばかり考えていた。

「マイア姉さん、どうして逃げようとしたのかしら……無謀すぎる」

リサと同い年のネリダがそんな恨みごとを口にすると、マイアがいなくなった今、この部屋の年長となる十四歳のフィービーが二段ベッドの下段でこう言った。

「もうすぐ出荷されるからよ」

「出荷？　野菜じゃあるまいし」

「同じようなものよ」

リサがベッドから乗り出して、下段に目を遣ると、フィービーがすさんだ笑みを浮かべていた。

三日目になってやっとスープが出され、断食は終わる。具の少ないスープだったが、とてつもなく美味しく感じられた。

その後はもとの生活に戻った。

だが、リサの心がもとに戻るわけがない。自分たちが生きている環境の過酷さを思い知った。

一ヵ月ほどしたある日、ラミアに連れられて、マイアがやって来た。見たこともない、宝石が縫い込められた美しい深紅のドレスを身に着けていた。

ラミアは極上の笑みを作った。

「マイアは立派に更生しました。今日、出荷されます」

マイアは発狂したらしく、へらへらと幸せそうに笑っていた。その無垢な笑顔が恐ろしくて、リサと同室の二人は慄然《りつぜん》としていた。

「あら、せっかく同室のお姉様がここを出て新しい生活を迎えるというのに、祝福してくれないの？」

ラミアの嗜虐《しぎゃく》的な笑みに、背筋を凍らせ、三人、焦ったように口々にお祝いの言葉を述べる。

「マイア姉さん、素敵なドレスですね。羨ましいです」

「マイア姉さん、今までありがとうございました」

「マイア姉さん……お幸せに」

リサは声が詰まってそれ以上何も言えなかった。幸せになってほしいというのは本心だが、心が壊れたマイアには、もう幸も不幸もわかりはしないだろう。

――ここは美しい人形を作り上げるための工場なんだわ！　しかも頭が空っぽの！

本を読ませないのは知恵が付かないようにするためだ。そして今、マイアは出荷されようとしている。きっと、権力を持つ男のもとへ――。

――怖い！

四年後、リサもマイアのように見も知らぬ男のもとへ売られていくのだろうか。

そんなある日、ペアがいなくなったままだったので、リサが一人で浴場に向かっていたときのことだった。

黒髪を後ろで括った青い瞳の少年がどさりとリサの前に落ちてきた。そうだ、落ちてきたのだ。

リサは見上げるが、高い天井があるだけだ。

「いてて……」

目の前の少年が、腰に手を当てて立ち上がった。歳は十四、五歳ぐらいだろうか。

この建物の中に男子もいるとマイアから聞いたことがあるが、男子どころか、同じ部屋の人間以外とは全く接触が断たれていたので、リサが知っている子どもは同室の三人だけで、それ以外の子どもを見るのは初めてだった。

「ど、どうやってここに入ってきたの？　見つかったら大変よ」

少年は肉体労働とは縁のなさそうな立派ななりをしていた。丈長の上衣には細かな草木の刺繍まで施されている。

彼の青い瞳は驚きで見開かれていた。

「……ここはどこ？」

――どうやったら、宿舎に迷い込めるわけ⁉

警備が厳重で、外部から完全にシャットアウトされているはずだ。

——もしかして確実に逃げる方法がある⁉

自身の中でそんな期待がむくむくとふくらんでいるのを感じて、リサは胸を手で押さえた。

——落ち着いて、さりげなく聞き出すのよ。

「こ、ここは、本殿の裏にある宿舎よ……どうやってここに？」

「宿舎？　じゃあ、君のお父様は聖殿で働いているのか？」

「親なんかいないわ。ここには孤児が閉じ込められているの」

少年が目を瞬《しばた》かせる。

「それじゃあ、ここは宿舎じゃなくて孤児院だろう？　でも、なんでこんな牢屋みたいなところに閉じ込められているんだ？」

もっともだ。ここは神が宿る神聖な場所なのだから、孤児たちが保護されこそすれ、虐待されたり、売られたりするなんておかしい。

「……わ、わからないわ。それよりあなた、見つかったらどんな目に遭うか。ほら、衛兵の足音が……」

リサが心配しているというのに、少年は余裕の笑みを浮かべた。

「俺は大丈夫。俺、ファティスって言うんだけど、君、名前は？」

「私？　私はリサよ」

「俺、どうやら【移動】ができるようになったみたい」

「【移動】？　なあに、それ？」

ファティスがニカッと大口を開けて、屈託のない笑みを浮かべた。

「つまり、また会えるってことさ！」

そう言って、ファティスは消えた。

リサは驚いて周りを見渡す。

――どこか自由に行き来できる道があるとでもいうの？

すると、衛兵がズカズカと近寄ってきた。

「何をぐずぐずしている！　早く浴場に行かないか！」

「あ、はい、申し訳ありません」

リサは駆け足で浴場へと向かう。ほかの部屋の子と顔を合わせないよう、部屋の外に出られる時間がきっかりと決められていた。

少年がここに迷い込んだということは、つまり、ここから出る方法もあるということだ。そのとき、リサの心に希望の灯が点《とも》った。

翌日、同室の二人が浴場に行ったとき、二段ベッドの上で横になって片肘を突き、ファティスがどうやってここに入り込んだのかについて想像していると、背後にどんっと何かが当たった。

驚いて振り向くと、ファティスがそこに胡坐《あぐら》をかいていて「よっ」と、手を上げて挨拶してくるではないか。

リサは思わずきょろきょろして、この部屋に自分しかいないことを確認してから、小声で耳打ちする。

「どうやって、ここに？」

「移動魔法だって昨日言っただろう？」

【移動】とは魔法のことだったのだ――。

「あなた……魔法使いなの？」

「ああ、まあな」

ファティスが偉そうに胸を張った。

リサは上体を起こしてファティスのほうににじり寄る。

間近で見ると、ファティスはつくづくきれいな顔をしていた。

漆黒の眉や目元はきりっとして男らしいが、対照的に瞳は瑠璃色の宝石のようで華美な印象さえある。唇は、きゅっと引き結ばれていて意志の強さをうかがわせるが、赤みが差して艶々《つやつや》としている。

内面の男っぽさと外面の中性的な美しさのアンバランスさが独特な魅力を醸し出していた。

「ねえ、魔法で、ここから私を連れ出してくれない？」

リサが間近でじっと見つめて真剣に頼んでいるというのに、ファティスが視線を逸らす。

「こ、ここから？」

「ここは牢屋よりひどいわ」

リサは、ファティスに見てもらいたくて、顔を上向ける。立ち上がることもできないくらい天井が低い。

「え、まあ、確かに。こんな狭いところに四人も押し込まれているなんて……しかも、窓が小さいし、湿気もひどい。君たちはなんでこんなところにいるんだ？」

環境の劣悪さに同意してもらえたので、リサは胸の内を明かす。

「私たち、伯母が引き取ってくれるって騙されて連れてこられたの」

「騙されて⁉　でも、騙されでもしなきゃ、こんなところに来ないよな。俺、移動魔法が上達してきたから、リサ一人ぐらいなら、ここから出せると思うけど……そのあと、どこか行くところはあるのか？　追われたりしないのか？」

リサは、ぽかんとしてしまう。

「……そういえば私、どこも行くところがなかったんだわ……」

ここから出ることだけを考えていたが、出たあとも人生は続く。食べるものにこと欠くこともあるかもしれない。リサがラミアに選ばれたのは偶然ではなかった。そういう行くあてのない子が集められているのだ。

「そうか……実は上の階も見てみたんだけれど、リサと同じ年ごろの子たちが疲れ切った様子で働かされていたよ。倒れる子もいたけど、そのまま放って置かれていた……」

何もできないのが歯がゆいのか、ファティスの顔が一瞬、歪んだが、気を取り直したようにまた凛とした眼差しを取り戻す。

「それに比べると、この半地下の部屋にいる君たちは強制労働をさせられていないし、優遇されている。なぜだろう？」

　曇りのない目を向けられて、リサは本当のことが告げられなくなる。自分が性的な商品だとは知られなくなかった。リサは話題を逸らす。

「でも、変じゃない？　どうして子どもが働かされているの？　しかも使い捨てで。ここは聖殿よ。育てて聖職者にするというのならわかるけど」

　ファティスが空《くう》を見た。何か考えているようだ。

「多分、女官ラミアの仕業だ。だが、彼女一人ではこんなことはできない。バックに大物がいるはずだ」

「大物？」

「ああ……」

　なぜかファティスが苦々しい顔になって、自身の腕輪に視線を落とした。

「この腕輪は？」

　透明な宝石でできた腕輪だった。

「父から与えられた水晶の腕輪なんだ。小さいころからずっとはめられていて、成長とともに大きくなっていく」

「大きくなるの？　それも魔法？　お守りみたいなものかしら。きれいね」

　子どもの目から見ても、相当高価なのが見てとれる。

　――ファティスって、かなり身分が高い家の子なんじゃ？

リサはおずおずと顔を上げた。

「ファティス、あなた……何者なの？」

「ただの魔術師の息子さ」

そんな人がいともたやすく移動魔法など使えるものだろうか。

「お父さんは相当、力のある魔術師なのね？」

「ああ、そんなところだ」

同じ子どもでも、こんなに恵まれた子もいれば、自分のように売られるのを待つ子もいる。

——そして、倒れるまで働かされる子も！

リサは身を乗り出す。

「ねえ、さっき、私だけ連れ出してってお願いしたけれど訂正するわ。ここにいる子たち全員で出ないと意味がないもの」

ファティスが不思議な生き物でも見るみたいに目を丸くした。

「え？　いいのか？　出たいんだろう？」

「うん。でも自分だけ出ても幸せになれない」

ファティスが目を見開いたまま、言葉を発さなくなったものだから、リサは急に恥ずかしくなる。会ったばかりの子に何をお願いしているのかと。

——たまたまここに来た裕福な子が、そんな願い、叶える義理ないのに！

リサが言い繕《つくろ》おうとしたところ、先にファティスが口を開いた。

「……そうか……わかった」

――え？　わかった？

今度はファティスのほうが前のめりになり、リサの二の腕を両手で掴んだ。目が輝いているように見えたのは気のせいだろうか。

「リサの言う通りだ。聖都の聖殿がこんなことになっているなんておかしい。なんとかしないと！」

リサは、ほーっと安堵の息を吐く。

「……感謝いたします」

すると、ファティスが小さく笑った。凛々しい顔が急に可愛くなる。

「なんだ、急に殊勝になって」

「だって……まだ会ったばかりなのに、厚かましかったかなって」

「ほんとだ。厚かましくてびっくりした。でも、自分だけじゃなくて、他人《ひと》のことまで考えている。リサは偉いよ」

今度は頭をくしゃくしゃとされた。動きは粗野だが、優しさが伝わってくる。

「ありがとう……」

リサは、こんなに心が温かくなったのは久方ぶりで、涙が零れそうになった。

だが、ファティスが目を細めて笑いかけてくれたので、リサはきゅっと下唇を噛んで泣かずに耐える。

「何か欲しいものがあったら持ってくるよ」

とはいえ、支給されていないものを使っていたら、どんな罰が待っているかわからない。

「そんなものは何も……」

と言いかけて、リサは欲しいものを思いついた。

「私、ここに閉じこめられて、外の世界のことを何も知らないの。ここでは本を読むのが禁止されているから。……本を貸してほしいわ」

ファティスが唖然としている。

「本を読むこともできないのか⁉　上の子たちは、本を読む余裕もないぐらい疲れているようだから、あれに比べたらマシといえばマシだけど……」

「そんなに疲れて……？　私は逆に、暇すぎて死にそう。お願い。本を貸して。この世界のことをもっと知りたいの」

「ああ、わかった」

それからファティスは移動魔法の練習と称して、たびたびリサの前に現れた。


ほどなくして、十歳のヴェロニクが新たに部屋に入り、リサのペアとなったので一人の時間が大幅に減って、リサは前ほどファティスと会えなくなった。

だが、ファティスは全てお見通しのようで、ごくたまにリサが一人になるときを狙って現れ、本を貸してくれた。聖都やこの世界の成り立ちについてなど勉強になる読物と、楽しい気持ちになれそうな小説が交互だった。

リサたちの部屋には灯りがないので、早く寝て朝方から読み始める。二段ベッドの上の段なのは幸いだった。小さいとはいえ窓が近いし、同室の子から見えにくい。

リサからそれを聞いたファティスは、早朝にリサのベッドに現れるようになった。ほかの子に勘づかれないよう、リサはファティスと筆談をする。本の中に出てきた知らない言葉も、ファティスはわかりやすく教えてくれた。

聖殿の環境は劣悪だったが、リサはもう不幸ではなかった。いつかみんなを解放するという目的ができた。

しかも、ファティスがいる。

リサがファティスに恋心を抱くのに時間はかからなかった。

二年経ち、ファティスが十六歳、リサが十四歳になったとき、早朝、リサのベッドでファティスが核心に触れてきた。このころにはファティスは二人の周りに結界を張り、外から二人の声が聞こえなくできるくらいに魔力が発達していた。

「リサ、ここの娘が十五歳になったら、どこに行くのか知っているのか？」

ずくんと胸が呻いた。恥ずかしかった。自分が男を悦ばせるための人形だなんて、好きな男子《ひと》に知られたくなかった。だが、知らないふりをするわけにもいかない。

「……誰もはっきりと本当のことを言わないけれど、薄々勘づいているわ……。十五歳になったら、きっと権力を持つおじさんのところに行かされるのね」

自分で言っておいて、リサは恥ずかしくて死にたくなってしまう。

「あと一ヵ月でリサは十五歳になるんだろう？　すまないが、俺にはまだここの子どもたち全てを救うことはできないんだ」

「うん……わかってる。私が力になれなかったのは残念だけど……ファティスならきっといつか解放してくれるって信じてるから……」

鼻がつんとして瞳の奥に何かが込み上げてくる。

——だめ、泣いては……だめよ……。

「これ、リサにあげる」

ファティスがポケットから取り出したのは銀の指輪で、そのヘッドにはファティスの瞳のような青い宝石がきらめいていた。

「こ、こんな高価なもの、もらえないわ……。それにここで指にはめていたら、盗んだと思われちゃう」

リサが躊躇《ちゅうちょ》していると、ファティスに手を取られた。

「これをあげるのはリサをここから救い出すという決意だ。すぐに助け出す。だから今はポケットに入れておいて、ここから出たら指にはめてくれ」

「で、でも……」

「リサ、俺、リサが大人になったら結婚したいんだ。今はせめて、これだけでも受け取ってくれないか？」

何かの冗談かと思い、リサは顔を上げたが、ファティスの表情はいたって真面目である。

「俺のことをまだ好きになっていなくても、リサをここから連れ出させてくれ。俺はリサを穢《きたな》い大人の餌食《えじき》にしたくないんだ」

「で……でも、自分だけここから逃げるなんて……ずるいわ」

そもそも身分の高そうなファティスが、リサのような孤児と結婚することを親が許してくれるものだろうか。

「リサはまた他人《ひと》のことばかり……。でも、俺、リサのそういうところが好きになったんだ……」

ファティスが目を背け、頭をくしゃくしゃとかいている。心なしか顔が赤くなっているような気がした。ファティスが照れるなんてと、リサは呆気に取られてしまう。

「ファティス……嘘みたい……私も、ずっと前から、ファティスのこと……好き、大好きよ」

「リサ！」

リサはファティスに抱きしめられた。いつもすごく近くにいたのに、こんなことは初めてだ。

ファティスは出会ったときからずいぶん背が伸びたが、彼の体躯がこんなにも大きくて厚みがあるとは思ってもいなかった。

——守られてる感じがする……。

ファティスが顔を少し離し、鼻と鼻が触れるくらいの距離で止まった。じっと見つめていたかと思うと、顔を少し傾け、唇に唇を重ねる。

そのとき、リサは魔法にかけられた。

薄汚い部屋なのに、こんなに素敵な場所はこの世にないかのように思えた。こんな半地下で、天にも昇る気がした。

ファティスが再び顔を離し、間近で見つめてくる。ファティスの青い瞳は、今まで見たことがないくらい艶《つや》めいていた。

リサはうっとりと眺めることしかできない。

「今はリサしか助けられないけど、いずれ、この聖殿の子どもたち全てを解放するつもりだ」

そのとき、リサはいきなり地獄に堕とされた。

三年前のことを思い出したのだ。あのときはマイアが捕まったので、三日間食事抜きで済んだが、リサが逃亡に成功したら、同室の三人がマイアのような目に遭うかもしれない。

リサがどんっとファティスの胸を突っぱねると、ファティスが目をぱちくりとさせた。

「やっぱり、だめ！　私だけが脱走したら、同室の子たちがどんな目に遭うか」

リサの瞳に涙がにじむ。

――私、ここから逃げられない！

そして、見知らぬ男の性奴隷となるしかないのだ。

だが、ファティスの青い瞳は諦観《ていかん》を纏《まと》わなかった。

「じゃあ、まず、助けるのはこの部屋の四人だ」

リサはぽかんと口を開けてしまう。

あっさりと言ってのけたが、そんなことが可能なのだろうか？

「この建物にいる子全ては無理でも、四人ぐらいならなんとかなるかもしれない。同室の子たちには、逃げるために何か協力してもらうことは可能か？」

「先に説得するのは危険だわ。逃亡がばれたら怖ろしい目に遭うことを知っているから、顔に出てしまうかも」

「そうか。では、寝ている間に一人一人【移動】させるしかないな。起きたとき、三人を説得できるか？」

リサは今まで三人と過ごした日々を思い起こしてから、こくりと頷いた。

「では、明晩決行だ」

「え？　明日？」

ファティスがリサの手を取り、再び唇にちゅっと軽くキスをした。

「ああ。一刻も早く外で君と会いたいんだ」

あまりに甘い言葉に、リサは顔から火を噴きそうになった。これから逃亡するというのに、こんなに浮かれていていいものだろうか。

「わ……私もよ……でも、どこにかくまおうっていうの？」

「元々、リサには乳母の親戚の子としてうちの邸で暮らしてもらおうって思っていたんだけど、四人となると……年少の二人を乳母の親戚にして、リサとネリダにはしばらくメイドとして働いてもらうことになるかな。でも、元々人手は足りてるから、仕事は大変じゃない」

「使用人がたくさんいるなんて、すごいお邸《やしき》ね。お父さんはお許しになるの？」

「父はいつも聖帝の城にいて、乳母が切り盛りしているんだ。今日明日で説得してみせる」

ファティスが自信ありげに口の端を上げた。

リサは彼の笑みを見ていると、この世でうまくいかないことなど何もないように思えてくる。

だが、こんなに甘え放しでいいものだろうか。

「ありがとう……。でも、私たち二人で四人分働くから。仕事なんて、やろうと思ったらいっぱい見つかるはずよ」

ファティスがぷっと噴き出した。

「ちょ、ちょっと、私、真面目に言ってるのに！」

「その心意気だけいただくよ」

――ファティス、私を甘やかしすぎだわ……。

その日の夜、寝る時間が来ると、再びファティスが現れた。

「今日、乳母を説得できたので、今、決行しよう」

「え？　今？」

「決行するまで、緊張し続けているのも辛いだろう？」

「え、ええ……それもそうね」

実際、リサはちょっと衛兵に声を掛けられただけでも、逃亡計画がばれたのではないかとびくびくしてしまい、今日一日中、挙動不審になっていたのではないかと心配していた。

だからこそ、逃亡計画について、ほかの三人に事前に伝えなくてよかったと改めて思ったものだ。そもそも、ここには持って出たい私物がある子などいないから、事前準備の必要もない。

寝ている間に三人を【移動】させるのはうまくいった。

同室の三人は、大きな窓のある清潔な部屋で目を覚まし、喜びを口にした。

「これでもう売られないのね？」

「リサ、信じられない。早く外を歩きたいわ」

「本当にありがとう、リサ」

そして皆と共有したのが、自分たちだけあそこから出て、申し訳ないという気持ちだ。ほかの部屋の子どもたち――見たこともない子たちだが、連帯責任だけは負わされないでほしい。

「でも、リサ、ここはどこなの？」

二歳下のヴェロニクが不思議そうに尋ねてくる。

「私たちを助けてくれた人の家よ」

ここはファティスのアンディーノ邸で、美しい装飾が施された白い円柱が印象的な大邸宅だった。ラミアが捜索しているかもしれないので、しばらくの間、年少の二人は乳母の親戚として過ごし、もうすぐ十五歳のリサとネリダはメイドのふりをすることになった。

ファティスの乳母マリッサによると、ファティスは聖帝に仕える第一魔術師イオエルの息子で、父親は城で暮らしていてたまにしか帰宅しないそうだ。ファティスは幼いころに母親を亡くし、マリッサによって育てられたらしい。

――ファティスもお母さんの記憶がないのね。

リサは今になって、ファティスについて何も知らないことに気づいた。だが、これから時間はたっぷりある、お互い知っていけばいい。そして、リサはファティスのどんな些細なことだって知りたかった。

と、そのとき、外が賑やかになった。

「お坊ちゃまが学校からお帰りになりました」

――学校！

十六歳が学校に通うのは当たり前なのだが、リサには意外な言葉だった。そうだ、普通、子どもは学校に通うものだ。聖堂にいる子どもたちは、友だちと遊ぶことや学ぶこと、そんな当たり前の機会も奪われている。

そして、なんでもできる万能魔法使いのように見えたファティスが学生だったことに、リサは今ごろになって思い至る。

――それなのに、私ったら、みんなを救ってだなんて頼んで……。

リサが改めてファティスに感謝を伝えようと玄関のほうに向かうと、ファティスが急ぎ足でこちらに向かってきていた。リサの顔を認めると、ファティスの顔がパッと明るくなる。

「リサ、ここにリサがいるなんて夢みたいだ」

「ファティス、みんな喜んでいるわ。ありがとう。でも相当無理をさせてしまったんじゃないかしら……」

リサは髪の毛をくしゃくしゃとされる。

「また、そんなことを気にして。俺はあそこにいる子たちを、いずれ全員解放するつもりなんだぞ！」

ファティスはリサを抱き上げると、近くの部屋に入った。リサを片手で抱き上げたまま、扉を開けて入るものだから、リサは意外に思う。【移動】したほうが早いし、使用人《リサ》を抱き上げているところなど、人に見せないほうがいい。

「ファティス、移動魔法を使わないのね？」

ファティスはリサを長椅子に下ろして隣に座る。肩を抱かれた。

「ああ。その件だが、俺が魔法を使えるのは皆には内緒にしてもらえるかな？」

「えっ？」

「この腕輪だよ」

ファティスが右手を差し出してきた。手首に水晶の腕輪が光っている。

「成長とともに大きくなるお守り……よね？」

「ある意味、お守りともいえるが本当は違う。父は俺の魔力をこれで封印しているつもりなんだ。だから、俺は魔法が使えないふりをしている」

ファティスがこんなことをあっけらかんと言ってのけた。

「え？　どうして？　息子にも魔法の才能があるなんて、喜ばしいことじゃない？」

「きっと、まだ幼かった俺にすごい魔力が備わっていることに父は気づいたんじゃないかな。コントロールできなくて自分を傷つけることもあるらしいし。そういう意味では俺を守ってくれてるのかな」

ファティスは聖帝の第一魔術師が怖れるくらいすごい魔力を持っているということだ。

――それにしても、父親とは、なんでも話せるような間柄じゃないのね……。

ここは、ファティスの邸である前に、彼の父親の邸だ。気を抜かないようにしないと、とリサは心に決めた。

ハハッとファティスが明るく笑った。

「父は滅多に帰らないし、そんなに緊張しなくても大丈夫だよ?」

ファティスがリサの顎を取り、唇に唇を重ねる。唇が離れると、眼前には、陶然と細まったファティスの瞳があった。

「……ファティス……夢みたい」

ファティスがリサの手を取り、指輪の青水晶にくちづける。

「リサ……俺はまだ学校に通っているような身だけど、もうすぐ聖帝の城で働けるようになる。そこで内情を掴んで、いずれは聖堂の不正を糾すから、そうしたら結婚してくれるか?」

リサはもう目を見開いて震えることしかできなかった。

まだ夢の中にいるのではないか。どうしたら、こんな素晴らしい人から自分は愛されることができたのか。理解できないことだらけだ。

「リサ、まだ十四歳の君に求婚するなんて……俺、変かな?」

リサは慌てて首を振る。

「ううん。ううん。違うの。私、ファティスみたいな立派な人に好かれるなんて信じられなくて、気後れしちゃって……」

――早く大人になりたいわ！

リサは今、自分がまだ十四歳なことがもどかしくて仕方ない。

「なんだ！」

背中に手を回され、リサは顔をぼふっと彼の上衣に押しつけられた。

「一人で燃え上がって呆れられてるのかと思ったじゃないか！」

「……そ、そんなこと……ありえないわ」

リサはファティスの胸板に手を突いて体を離し、彼を見上げた。

ファティスがリサをじっと見つめてくる。

「なら、リサからキスしてよ？」

「え、ええ？」

「だって、したそうな顔してたよ？　気後れは捨てて？」

「そ、そういう意味じゃなくて……」

――えーい！

リサは思い切ってファティスにキスした。ただし、唇に重ねる勇気はなくて頬になる。

だが、ファティスは満足げに口角を上げた。

「頬もいいもんだな。お礼に……」

と、唇に唇を重ねてくる。今までで一番長いキスになった。


その後、リサは慌てて、同室の子たちがいる部屋に戻った。リサがいないと不安になるかもしれない。

ちょうど乳母マリッサがメイド用の服を用意してくれたところだった。それは肌ざわりのいい薄ピンクのワンピースで、陽の匂いがした。モスグリーンの腰巻きがメイドの印《しるし》だ。

同じ服を着たネリダと庭に出る。心地よい風を肌に感じた。緑の多い庭には先客がいて、ヴェロニクとペダルが陽の光のもと、キャッキャッと子どもらしい声を上げて駆け回っている。

こんな風景を見ていると、聖殿でのことが夢のように思えてくる。遠くに見える聖殿の塔は荘厳で、まさかあの下で奴隷のように働かされている子どもたちがいるなんて想像もつかない。あの奇妙な空間は本当にあったのか、夢ではなかったのか。そんな気さえしてくる。

「リサ」

ファティスの声で、リサは現実に戻ることができた。

「……あ、ファティス」

庭にファティスが現れたものだから、ほかの三人の目が彼に釘づけになる。

今やファティスは長身のがっしりとした体つきをした美青年に成長していて、リサが初めて会ったときよりも女性の気を引く存在になっている。

そして、リサの指には彼から贈られた青水晶が光っていた。青水晶が陽の光を受けて、きらきらと輝く。こんなにすぐにお天道様の下でこの指輪をはめられる日が来るなんて、リサは思ってもいなかった。

「皆さん、リサを少しお借りするよ？」

ファティスが微笑みかけると、三人が一斉に、ぽーっと赤くなる。

リサがファティスに連れて行かれたのは裏庭にある大理石でできた東屋《あずまや》だった。小さなテーブルを、四つの切り株の形をした大理石が囲んでいる。東屋は大きな木に隠れて、建物の窓から見えないようになっていた。

ファティスにうながされ、リサはファティスと並んで座る。

「リサ、ここでやっていけそう？」

「とても快適よ。三人ともすごく喜んでいるわ。でも、私たちだけが幸せになって、なんだか申し訳ない気持ちよ……」

――自分がもうすぐ十五歳になるからって……先に逃げるようなことを……。

顔を合わせたことはないが、同じ階には、リサたちと同じように出荷される子どもたち、女子だけでなく男子もいると、ファティスから聞いた。

「君たちは被害者なんだ。申し訳ないなんて考えを持つのはやめたほうがいい」

リサはハッとした。ファティスはいつも物事を客観的に見る方法を教えてくれる。

「そう……そうよ。罪悪感を持つ必要はないわ。三人にそれを伝えないと。でも、いつか残されたみんなを助けましょうね？」

「ああ、もちろんさ。この指輪に誓う」

ファティスがリサの手を取り、青水晶にくちづけた。

「あ、ありがとう……ファティス……」

あの牢屋のような部屋の中でも、ファティスはリサを照らしてくれたが、今、この新緑の中で、ファティスはますます輝きを増し、リサはまぶしくて目を細める。

今、ファティスの唇は機嫌よさそうに口角が上がっている。

――さっき、この唇が私の唇に触れた……。

思い出してリサはうっとりしてしまう。

――またしてくれるかしら？

リサは自分から唇にするのは気が引けるので、彼の頬に唇を寄せた。

ファティスが意外そうに目を見開いている。

――しまった、私ったら……。

いきなりこんなことをして、ファティスに呆れられているに違いない。リサはうつむく。

「リサ、君からしてくれるなんて……」

「ご、ごめんなさい、つい、うっかり」

頬が熱くなってきて、リサは顔を両手で挟んだ。

「リサ……」

ファティスに顎を持ち上げられ、頬から手が外れた。彼の顔が近づいてきて、唇が触れる。

――どくん。

リサは自分の中で何かが芽吹いたのを感じた。

ファティスが少し顔を離す。半ば閉じられ、漆黒の睫毛がかかった青い瞳は愛情に満ちている。

――どくん。

再び何かが蠢《うごめ》く。

「キスしてほしかったんだろう？」

「え、あ……まぁ」

「リサから俺の唇にしてよ」

「え、ええ？　それはちょっと……無理」

「なんだそれ」

そう言ったファティスの口元は楽しそうにゆるんでいた。

――ファティス、目力《めぢから》がすごいから、間近で見ると、見惚《みと》れちゃってキスどころじゃなくなるんだもの……。

リサはぎゅっと目を瞑り、ファティスの頬にキスをした。横から頬にするのが精いっぱいだ。

「じゃ、俺からもう一回」

ファティスが身を乗り出し、再び唇を重ねてくる。今度は彼の舌がぬるりと中に入ってきた。

——ファティス⁉

一瞬、驚いたが、全くいやではなかった。むしろもっとしてほしい、もっと近づきたい、そんな思いで、リサの背に回されていたファティスの手にも力がこもる。

リサはファティスにしがみつく。

——どくん！

そのとき、リサの中で何かが弾けた。

唇を離したとき、ファティスが信じられないものを見たように刮目《かつもく》した。

「リサ……嘘だろう？」

「え？　何？」

「だって……この匂い……まさか……でも、リサ、君は十四歳だろう？」

「ええ。もうすぐ十五歳よ？」

十五歳になる前に脱出させるという話で年齢も誕生日も知っていたのに、ファティスは今ごろ何を確認しているのか。

リサは少し奇妙に感じた。

「開花《アンシシ》は十六歳以降って本で読んだんだけど……」

「開花？　聖乙女の開花のこと？　私もその本、貸してもらったわ。それで国中の公子たちに知らしめるのでしょう？　ここに聖乙女がいるって……」

「リサ、俺の父も母も白の大公家出身で、母に至っては三代前の青の大公の血も引いている。だから俺には本能的にわかる……リサのこの匂いは……聖乙女のものだ」

「聖乙女って……私が……そんな⁉」

ファティスは何を言い出すのか。聖乙女というのは神が地上に遣わした神の娘であり、彼女が選んだ大公家の者がこの世を統べる力を手に入れ、聖帝となるのだ。

――私がそんなすごい人なわけないのに！

そのとき、ばさりと風を切る音が頭上から聞こえてきたと思ったら、天空にフェニックスが現れた。

「あ、あれは……もしかして聖獣のフェニックス⁉　初めて見たわ」

リサは東屋から飛び出して空を見上げた。

「リサ、中に隠れろ！」

「え？」

そのとき、急に竜巻のようなものにリサは囚われ、フェニックスのほうへと巻き上げられていく。

「キャアァ！」

「リサ！」

地上でリサを見上げ、リサのほうに手を伸ばすファティスがぐんぐん小さくなっていく。

「ファティス！」

リサも地上へと手を伸ばすが、フェニックスに乗る男の腕で胴をがっしりと捕まえられていた。

振り仰ぐと、金髪の若い男が紫色の瞳でリサを見下ろしている。フェニックスを操るということは赤の大公家の者なのだろう。

あまりにも高所なので、リサは足が竦んで暴れることもできない。

「あ、あなた誰？　どこに連れて行くっていうの⁉」

男は何も答えない。すぐに聖帝の城へと向かって高度を下げ始めた。聳《そび》え立つような白壁の城なのだが、上から見ると、まるでおもちゃの城のようだ。


リサが連れて行かれたのは白壁に細かな銀細工が施された円型の部屋だった。中央には、天蓋から黄金の薄布が垂らされた大きなベッドがあり、いやな予感しかしない。

男はリサを中に入れるとすぐに去って行った。リサはここから逃げようと、リサの背の倍以上あろうかというアーチ状の白い扉を全力で押したがびくともしない。

すると背後から、カツ、カツと、ゆっくり近づいてくる冷たい音がする。

「すごい匂いだ……おませさんだね。まだ子どもなのにもう開花したのか？」

不自然なほど甘ったるい男の声に、リサは恐る恐る顔を振り向かせた。

そこには、上品そうな銀髪の中年男性が優しげな笑みを浮かべて立っていた。司祭のような長い丈の服は、白地に銀糸の刺繍が施された品のいいものだ。

リサがさらわれたところを助けてくれたのではないか。そんなふうに思わせる高貴な風貌だった。そしてここは聖帝の城である。

――もしかして⁉

「……聖帝陛下で……いらっしゃいますか？」

おずおずとリサが尋ねると、その男性が落ち着いた声で答える。

「ああ、そうだ。君の名前は？」

リサは背筋をピンと伸ばす。

「はい。私はリサ・ガラニスと申します」

聖帝がふっと優しげに微笑んだので、リサは胸を撫でおろした。こんな温和そうな人が聖帝ならば、聖殿の悪行について進言したら、改善してくれるのではないだろうか。

――聖妃を亡くされてからずっとお城に引きこもってらっしゃるから、何もご存じないのだわ。

そんなことを考えていたら、リサは聖帝に抱きかかえられる。

――抱き上げる必要……ある？

少し疑問に思うが、相手はこの世を統べる聖帝である。リサは笑みを作った。

だが、ベッドに仰向けに下ろされ、聖帝に組み敷かれると、さすがにおかしいと気づく。

聖帝がリサの胸元から手を差し入れる。聖帝の手は、かさついていた。

「やめてください！」

リサは聖帝の体の下から逃れようと身を起こすが、押さえつけられ、はりつけにされる。

「【緊縛】」

呪文を唱えられると、リサの体が動かなくなる。眼球はなんとか動かせるので見上げると、聖帝がさっきとは打って変わって下卑た笑いを浮かべているので、リサはぎょっとした。

――どうして⁉

「子どものくせに開花するとはな……つまり天はそれほど急《せ》いてまで、二人目を私にお授けになりたかったというわけだ」

――二人目⁉　亡くなった聖妃の次は私というわけ？

こんな男が聖帝だなんて信じられなかった。

聖帝が銀細工の美しい短刀を取り出すと、もう一方の手でリサの襟首を掴んで固定し、短刀を襟首から裾まで一気に下げて、下着もいっしょくたに左右に切り裂く。少しふくらんだ乳房が露わになった。

――え？　嘘でしょう？

聖帝が胸のふくらみを盛り上げるように揉んでくる。体が動かないので、されるがままだ。

――いやっ、やだ、やめて！

そう叫ぼうにも、声を上げることさえ叶わない。指先に力をこめて必死で念じても、自分の体なのに全く反応してくれなかった。

「ここは、まだまだだな……」

そんな不満を言いながらも聖帝は胸を揉む手を止めず、劣情を纏《まと》った瞳はどんどん興奮の色を増していく。

――気持ち悪い！

「開花しているのだから、ここはもう熟しておるのだろう？」

聖帝が舌なめずりをして、リサのスカートを捲り上げた。

――いや！　ファティス、助けてー！

その刹那《せつな》、リサの指輪の青水晶が光を放った。

――え？　次は……一体……何⁉

「な……なんだこれは⁉」

と、聖帝が身を起こした。まぶしそうに双眸を狭めているので、これは聖帝の仕業《しわざ》ではないようだ。

「リサ！」

この部屋にファティスが現れた。しかも、リサは体を動かせるようになっている。だが、喜べたのは一瞬だけだ。

――ファティスに見られた！

リサは慌てて、破かれた服の左右を合わせて胸を隠す。

ファティスがベッドに駆け寄ろうとしたとき、聖帝がリサの喉に短刀を突きつけたので、ファティスの足が止まる。

――ファティス！

短刀の切っ先がリサの首に触れているものだから、リサは体を動かせないままでいた。

聖帝が鼻先でふんと笑う。

「ファティス、早速この匂いをかぎつけたか。だが、おまえには、まだ早い」

ファティスは聖帝と面識があるようだ。

聖帝が人差し指をファティスのほうに向ける。

「【緊縛】」

さっきリサがかかった魔法だ。それなのに、ファティスの動きは止まらなかった。傲慢にこう言い放つ。

「陛下の魔力は弱すぎるんですよ！」

――聖帝に対してこんな態度を取るなんて！

ファティスだけでなく、父親も罰せられるのではないか。

「……ファティス、身のほどをわきまえろ！」

「わきまえるのは、おまえのほうだ！【移動】リサ、こちらへ！」

だが、リサは依然として聖帝の腕の中にいた。

魔法が効かなかったものだから、ファティスが唖然としている。

「【移動】短刀よ、我がもとへ」

短刀はリサの喉に突きつけられたままだった。

聖帝がさも可笑《おか》しそうに、上を向いて笑う。

「ファティス、まだまだだな。さっき、イオエルがこのベッドに結界を張ったから、魔法は届かない。それに気づかないなんてな？」

ベッドの裏手から銀髪の中年男性が出てきた。黄金の薄布が天蓋から垂れている黄金の薄布で向こう側が見えなかったのだ。

「父上！」

ファティスの呼びかけに、銀髪の男が反応した。

「ファティス、陛下に向かってなんてことを！　まだ今ならお赦しいただける。さっさと家に帰りなさい！」

イオエルが声を荒げたが、ファティスは動じなかった。

「父上！　ここにいるのは新たな聖乙女なんですよ⁉　なぜこんな力のない聖帝に従っているのです！　今こそ立ち上がるときです‼」

ファティスのあまりの大胆さに、リサは固唾《かたず》を呑む。

「ファティス、何を馬鹿なことを言っている！　聖帝陛下は、私たちの出身国、白の公国《アスプロス》の公子殿下でいらっしゃったのだぞ」

聖帝の第一魔術師イオエルはリサの想像と違っていた。ファティスには全く似ていない。線が細く、学者のように生真面目そうな顔をしている。

――このままじゃ、ファティスのお父さんにまで迷惑をかけてしまう！

「ファティス！　逃げて」

リサが本心からそう願ったのに、ファティスの闘争心に火を点《つ》けてしまったようだ。彼の瞳が燃え上がる。

「君はいつも……他人《ひと》のことばかり考えて……逃げるか！」

と、語気を強め、ファティスが向かってくるが、ベッドのすぐ前で跳ね返される。

「こんなもの！」

ファティスが口惜《くや》しそうに、結界を拳で叩いた。リサは片手をファティスのほうに伸ばす。手が届きそうなところにいるのに、ファティスはリサのもとに来られないのだ。

イオエルはベッドの傍《かたわ》らに立ったままで、ファティスを止めることなく、黙って観察していた。

リサを抱き寄せる聖帝が嗜虐《しぎゃく》的な笑みを浮かべるものだから、リサは恐怖に身を震わせた。ラミアも笑っているときのほうが残忍だった。

「そうだ、ファティス。君ぐらいの年齢の男子は、女の子の裸に興味津々だろう？　もう一度見せてやるよ」

聖帝はリサを自身の膝に乗せると、刃をリサの首に突きつけ、こう命じてくる。

「両手を頭に載せるんだ」

リサはあまりの恐怖にむせび泣きながら、言われた通りに両手を頭上に置いた。片手で留めていた上衣が開《はだ》けて、浅い胸の谷間が露わになる。

「い、いや、見ないで！」

リサが嗚咽しながらそう叫ぶと、ファティスが視線をずらした。

「本当は見たいくせに」

聖帝がいやらしそうな目をファティスに向けたが、その目をファティスが見ることはなかった。

ファティスは拳を握りしめ、顔だけ横に向けていた。その拳は怒りで戦慄《わなな》いている。

聖帝が、リサの下着と肌の間に差し入れた刃で乳房を撫でるようにして上衣を剥《は》ぎ取り、リサを上半身裸にした。

「ファティス、リサの胸はまだ大きくないけど、真ん中の蕾がきれいな桜色だよ？」

ファティスがぎゅっと目を瞑る。

聖帝はつまらなさそうに目を半眼に閉じて、短剣をシーツの上に放ると、リサの体をファティスのほうに向け、両胸を揉んでくる。

「や、やめてください。お願いします……」

リサは泣きながら懇願することしかできない。手は拘束されていないが頭上に載せたままだ。短剣がすぐそこにあるとはいえ、聖帝に歯向かう度胸はなかった。

「私が大きくしてやろう」

聖帝がねちっこい声でそう告げたとき、ピシッっと何か硬いものがひび割れるような音がした。

「ファティス……まさか⁉」

イオエルの動揺した声が届く。

――何が起こったの⁉

「こんな腕輪！」

ファティスの怒声とともに大きな破砕音《はさいおん》がして、何かが粉々に砕けた。床に破片が落ちる音がする。

「水晶の腕輪が……！」

聖帝が唖然とした声を発し、びくっと一瞬、体を後退させた。

リサの胸から手が離れたので、リサは腕に引っかかっているだけの布切れになった上衣を捲り上げて胸元で掴む。

聖帝はもうリサどころではないといった感じで、畏怖《いふ》の眼差しでファティスを見上げていた。

――一体、何を怖れているというの？

ファティスの右手から水晶の腕輪が消えていた。

――ファティス、魔法で砕いたの⁉

自分でやっておいてファティスが何か信じられないものに遭遇したかのように目を見開いた。

「……すごい……世界が見える。深淵《しんえん》まで全て！　見渡せる！　この世界だけじゃない、何層にもなっている違う世界までもが……！」

彼の瞳はもう、この世界を見ていなかった。水晶の腕輪が外れたことで、ファティスの能力が全開になったようだ。

――本来、どれだけすごい魔力を持っていたというの……？

「ファティス……、まさかこの私を攻撃するようなことはないだろうな？」

聖帝が急に猫なで声になった。最もファティスの力を怖れていたのは聖帝だったのかもしれない。

――水晶の腕輪、聖帝の命《めい》だったんじゃ……。

「【結界解除】！」

ファティスがそう叫ぶと同時にベッドに乗り上げた。聖帝を突き飛ばして床に落とし、リサを抱きしめる。リサは泣きながらファティスの背に手を回した。

打撲した腰に手を当てて、立ち上がろうとした聖帝に、ファティスが顔を向ける。

「聖帝、【緊縛】ずっと固まっていろ！」

聖帝が動かなくなった。

ベッドの前に立つイオエルが溜息をついたかと思うと「【結集】」と呪文をつぶやく。と、同時に扉がバンッと、突風でも受けたようにすごい勢いで開いた。

そこにはフェニックスに乗っていた金髪の若い男を筆頭に司祭の長丈の白い服を身に着けた男たちが勢ぞろいしていた。

イオエルが子どもを諭すようにファティスに告げてくる。

「ファティス、おまえ、魔法を使えるようになったんだから、伝わってくるだろう？　この魔術師団の魔力のすごさが。今ならまだお赦しいただける。聖乙女を返しなさい」

「返す!?　リサは聖帝の物なんかじゃない！　俺は絶対に離さない」

リサを抱きしめるファティスの腕に力がこもり、切羽詰まった瞳でじっとリサを見つめてくる。

「リサ、君の匂いは世界中から狙われる。俺を信じてくれ。必ず迎えに行く。迎えに来てほしいときは、俺の顔を思い出して、連れて行ってと心の中で念じてくれ……！」

リサは耳を疑った。やっとファティスといっしょになれたというのに、なぜ、今、別れることとが前提になっているのだろうか。

「いやよ、私、ファティスと離れたくない！」

リサがファティスにしがみつくと、彼が双眸を狭める。今にも泣きそうな顔に見えた。

「リサ、一時《いっとき》隠すだけだ。すぐにこの魔力をコントロールできるようになって必ず迎えに行くから」

ファティスの声にイオエルが声をかぶせてくる。

「ファティス、おまえはまだ魔法の訓練を受けていない。危険だ。今ならまだ赦していただける。聖乙女を離しなさい」

ファティスの不穏な空気を察したのか、イオエルの口調が速くなっていた。彼の焦りを感じる。

リサを抱きしめたまま、ファティスが鋭い目つきを父親と魔術師団に投げかけた。

「おまえたちもだ！【緊縛】」

だが、誰にも効かなかった。

ファティスが力の差を見せつけられて愕然としている。

フェニックスに乗っていた金髪の男がこう言った。

「ファティス、おまえはまだ魔力に目覚めたばかりだ。私たちのように訓練を積んできた者に敵うわけがないだろう？」

ファティスがリサに顔を向けてきた。追い詰められた様子だが、彼の瞳はまだ諦観を纏《まと》っていない。そして、今生《こんじょう》の別れになるかのようにじっと見つめてくるものだから、リサは不安になる。

「ファティス？　私たち、これからもずっといっしょなのよね？」

「リサ……俺が移動魔法が得意なのは知っているだろう？　魔力を抑える水晶の腕輪をはめられていても、【移動】だけはうまくできた。だから……怖れないで」

ファティスは何かを固く決心したようだが、リサにはなんのことなのか検討もつかない。

「え？　何を怖れるの？　どういうこと？」

ファティスが心ここにあらずといった様子で宙を見た。何かを探している様子だ。

「ファティス？」

そのとき、宙を見つめていたファティスの目が見開かれた。

「見つけた！　リサ、しばらく彼女のもとで幸せに過ごしてくれ！」

「え？」

――彼女？

リサは一体、どこで誰に預けられるというのか。

そのとき轟音と突風が起こり、窓ガラスが割れ、ベッドも調度品も浮かび上がった。

リサが知っているのはそこまでだ。次の瞬間、リサが目覚めると、病室のベッド脇に立つ理沙の母親が涙を浮かべて叫んでいた。

「理沙、理沙が目を！　目を開けたんです！　先生！　本当なんです！」

第七章　新たな聖帝の誕生

リサがそこまで思い出したとき、頬は涙に濡れていた。そして、別れたときよりずっと男らしく成長したファティスに抱きしめられていた。

ファティスに貫かれ、無我の境地に至ってからどのくらいの時間が経ったのか。リサは時間の感覚を失っていた。

リサは裸のままだが、上半身裸だったファティスはいつの間にか服を着ている。

「……ここ、どこ？　ファティス、何歳？」

ぎゅっと強く抱きしめられ、頭頂に彼の高い鼻梁《びりょう》を押しつけられた。

「リサ、思い出したんだね。そして混乱してる。ここは赤の公国《トウリアンダフィリス》で、リサと離れてから六年経った。俺は今、二十二歳で、リサは二十歳だ」

「そう……いつの間にか、ファティス、大人になったのね……」

ファティスが苦笑している。

「思い出して……辛かったんじゃないか？」

ファティスが優しくリサの頭を撫でてくれた。

「ううん。ファティスとのこと、思い出せてよかった。辛い記憶の中で、ファティスだけが私を照らしてくれていた。……ねえ、ファティス、私を異世界転移させたとき、どうしてママを選んだの？」

ファティスが何かを思い出すように、天井のほうに目を向けて話す。

「あのとき……選ぶ時間は短かったけれど……あるていど生活水準の高い環境で、あの瞬間に、娘が生き返ってほしいと最も強く願っている母親に決めた。そうしたら可愛がってもらえるかと思って。でも、迎えに行ったら、リサはあちらの世界でも辛いことがあったようだった」

「ううん、ううん、大したことないのよ。それより……ありがとう、ママを選んでくれて」

リサは母親と二人で過ごした日々を思い出す。

母は、理沙が交通事故で心肺停止したことがあるせいか、とても心配性で、高校生になるころには少しうざったく感じていた。それで、『心配しすぎー』と文句を言ったら、母親は真顔でこんなことを言ってきた。

『世界に一人ぐらい、こういう人がいてもいいでしょう？』

――あのとき、何も言い返せなくなっちゃったな……。

その後、念願のジュエリーショップに内定をもらったときは、奮発して高級イタリアンに連れて行ってくれた。あとでコース料理が一万五千円と知って飛び上がった。

リサは改めて母親の子になれてよかったと思った。リサはこの世界では幼くして母親を亡くしたが、奇《く》しくも異世界で母親に愛されることができたのだ。

「ど、どうした、泣くな」

気づくと、リサの瞳からぼたぼたと涙が零れ落ちていた。

「理沙が交通事故から生還しなかったら、ママは一人ぼっちになっていたのよね？」

「ああ、そうだろうな」

「……なら、よかった。私がママにあの日々を渡せたなら……。パパを亡くして母娘二人の暮らし。娘だけが生きがいのママが子どもを喪《うしな》うようなことがなくて……本当によかった」

ファティスが何も言わずに、リサの背中をとんとんとしてくれた。

「そうか……よかった。リサのママが、リサのことを世界一好きで……よかった」

ショートカットでござっぱりとした母親の笑顔を思い出して、リサは涙が止まらなくなる。

「……私にママをくれて、ありがとう」

「うん……そうか……これからは俺がリサのこと、世界一好きだから」

ファティスがリサの額にくちづけをくれた。

「……私もファティスのことが世界一好き」

そのとき、窓外からギエェと、フェニックスの叫び声が聞こえてきた。

一瞬でベッドから飛び下りたファティスは服を着ているだけではなく、腰に剣まで携えていて、そのままバルコニーへと駆け出した。着替えたらしく、背中に血がついていない。ケガは治っているようだ。

リサも慌てて服を身に着け、バルコニーに出ると、ファティスが空を見上げていた。

ドラゴンがユーラスのフェニックスに水を吐きかけている。背に乗っていたユーラスがいないのは、水圧で落下したのだろうか。

「……あれは、さっきファティスが乗っていたドラゴン？」

「俺も一瞬、そう思ったけれど……違う。あのドラゴンに乗っているのは恐らく……青の大公だ」

よく見るとドラゴンの背に人が乗っている。

「え？　青の大公って前《さき》の聖妃の息子さんよね？　そんなすごい方が反聖帝側に⁉」

「信じられないことだが……そうだ！」

ファティスの瞳は喜びに輝いていたが、リサは心配になる。

――ファティスのお父さんは今も聖帝に仕えているんじゃ……？

すると、ファティスにおでこを突《つつ》かれた。

「聖帝は民を不幸にする、だから俺は聖帝を赦さない、ただそれだけで、父のことは関係ない」

リサは、ファティスの指先が触れた額に手を置いた。

――なんでもお見通しね……。

「フェニックス【帰還】せよ」

その瞬間、ユーラスのフェニックスが消えた。

自分でやっておいて、ファティスが驚いたような顔をしている。

「俺、他人が【召喚】した聖獣を操れるようになってる……」

そうつぶやいてから、ファティスがリサの手を取った。

「……君のおかげだ」

「ううん……ファティスは元々魔力が強いから……。聖帝は魔力がほとんどないんでしょう？」

「ああ。聖帝の出身国、白の公国《アスプロス》は五代にわたり、聖乙女の血が入ってなくて時々魔力をほとんど持たない者が生まれるほどだった。聖帝ディンラスもそう。聖乙女と結婚したあと魔法を使えた時期もあったようだが聖妃を亡くしてからは、ほとんど使えなくなっていた」

「ねえ。ファティス、気づいているんでしょう？　聖乙女は本来、寿命が長いのだから、あんなに若くして亡くなるのはおかしいわ」

――って私も聖乙女なんだったわ！

リサはまだ実感が湧かない。それもそのはず、聖乙女について知っていることといえば、ファティスから借りた本で得た知識だけなのだから。

ファティスが苦々しい顔になった。

「リサ……俺は聖帝が聖妃を殺したと思っている。聖帝ならやりかねない。実は……女官ラミアの後ろ盾は聖帝だったんだ。半地下で育てられた娘の中でも特に美しい娘は……聖帝の性奴隷になっていた」

そのときリサの脳裏に、聖帝の下卑た笑みが浮かんで、ぞっとする。

「そして、そのディンラスを、彼が白の公子だったときから支えてきたのが……俺の……父イオエル・アンディーノなんだ」

ファティスがうつむき、欄干《らんかん》を掴む手の甲に筋が奔《はし》った。

「俺のこと、嫌いになった？」

ファティスが片方の口角を上げ、悲しげな瞳を向けてくる。

「ううん。そんなわけない。親は親、子は子でしょう？」

「ありが……」と、ファティスが感謝の言葉を述べかけたところで、背後からソフォクレスの声が聞こえてきた。

「リサ！」

リサとファティスは同時に振り向く。

ソフォクレスは火傷《やけど》したようで、顔から腕にかけて、右側を包帯で巻かれていた。しかもファティスに殴られた左頬が赤く腫れていて色男が台無しである。

「リサ、謝って赦されることではないとわかっていますが……さっきのことを謝らないと、と思って。本当に申し訳ありませんでした」

リサは戸惑ってしまう。

ソフォクレスは追い詰められてリサを襲おうとしたが、拒否したければファティスを呼べるよう、逃げ道を示してくれていた。とはいえ、最初、襲われると思ったときの恐怖と気持ち悪さは計り知れない。

「ソフォクレス……今後は、私にもほかの女性にもあんなことはしないと約束してくれますか？」

「もちろんです」

いつも優雅な笑みを浮かべているソフォクレスが反省している様子だ。

「……なら、これからも、ファティスの手助けをしてくれますね？」

ファティスが不服そうに眉をひそめた。

「これからもって、今まで助けてもらったことがあるみたいじゃないか」

ソフォクレスが頭を下げる。

「これからは、贖罪《しょくざい》のために、ファティスに従うよ」

「ああ。おまえも無事で何よりだ」

ぶっきらぼうに言い放つファティスに、ソフォクレスは頷きで返す。

「このくらいの火傷で済んだのは、青の大公のおかげだ。城の周りを囲んでいた兵士たちは、ドラゴンに水流をお見舞いされて、戦うどころじゃなくなっている」

そう言ってから、ソフォクレスはリサとファティスをじっと見つめる。

「それにしても、リサからはあの香《こうば》しい匂いが完全に消えているし、ファティスからはとてつもない魔力を感じる。ファティス、聖帝になったんだろう？」

ファティスと結ばれたことがバレバレのようで、リサは恥ずかしくて縮こまった。

「元々俺からすごい魔力を感じていなかったのか？」

ファティスがそう茶化すと、ソフォクレスがげんなりした表情で肩を竦めた。それにしても、包帯だらけで痛ましい。

——そういえば、聖乙女が使えるのは回復魔法だったわ。

「ソフォクレス、もしかしたら、私、治せるかも」

リサはソフォクレスに歩みより、包帯の上から顔と腕に手を当てた。あと、腫れた右頬にも。

——火傷が治りますように！

心の中で強くそう念じる。

「さすが聖乙女、痛みが引いてきました。ありがとうございます」

ソフォクレスが包帯を外すと、気遣わしげにリサに視線を送ってくる。

「新陛下が、ご不満な様子だけど、大丈夫ですか？」

リサが振り返ると、ファティスが苦虫を噛みつぶしたような顔になっていた。

「ファティスはわかってくれるわ」

リサがファティスの隣に戻り、彼の腕に手をからめると、ソフォクレスがつまらなさそうにこう言ってくる。

「そうか、信頼し合ってるんだな。これからどうするんだ？　聖都に行って、今の聖帝ディンラスを倒すのか？」

「ああ。俺は元々聖帝と敵対しているし、今回も赤の公国側に付いた。聖帝を倒して、その地位を奪うしかない」

「私も協力する」

ソフォクレスがファティスのほうに歩みより、手を差し出した。ファティスは一瞬、躊躇《ため》ったが、渋々手を出して握手を交わした。

——一時はどうなるかと思ったけど……。

やはり、ソフォクレスがいてくれてよかったと思うリサだ。

「ファティス、ベランダに客人がいらっしゃるぞ」

ソフォクレスの声に、リサとファティスがベランダに目を向けると、ベランダの向こうで、ドラゴンがゆるやかに翼を上下させて浮かんでいて、その背には青の大公と思われる黒髪の男性が跨っていた。口髭の下の唇に微笑を浮かべている。

この人が聖帝だと言われたほうがよほど納得がいくような威厳のある顔つきをしていた。

「初めまして。青の大公カリトンだ。君が新しい聖帝か？　どこの公国出身なんだ？」

「……私は聖都の第一魔術師イオエル・アンディーノの息子です」

意外と思ったらしく、少し間を置いてから、カリトンがこんな提案をしてきた。

「公子ではない者が聖帝になるなんて、初めてじゃないか？　確か、君の母上は青の大公家の血筋だと聞いたことがある。君たちの子はのちに、どこの公国を継ぐことになるのか……。我が青の公国《カタガーラノス》でもいいぞ。私には妻も子もおらぬゆえ」

「こ……こども……」

リサは熱くなり始めた頬を手で押さえ、ファティスを見上げる。

ファティスが照れくさそうに片方の口角を上げると、カリトンがハハハッと楽しそうな笑い声を上げた。

「なんと、初々しいカップルかな。それにしても、今の聖帝と敵対した以上、平和裏に聖帝の位《くらい》を禅譲《ぜんじょう》というわけにはいくまい。君は大いなる力を得た。これから、聖帝を倒しに行くんだろう？」

「ええ」

「だが、君の父上である第一魔術師は、聖帝側の戦力のトップだ。そこは大丈夫なのか？」

ファティスの顔が曇る。

「聖帝を倒すにあたって、父が妨害してきたら……たとえ相手が父でも殺さざるをえないことになるかもしれません。ただ、父は私を殺せない。そのことで、父が窮地《きゅうち》に陥る可能性は感じています」

リサはぞっとした。ファティスの父が、聖帝が聖堂でしていることを知らないわけがない。だからといって子が親を殺す必要があるだろうか。

「こ、殺さなくても……」

リサが声を絞り出すと、ファティスが困惑したような表情を向けてきた。

「まあ、できるだけ、殺さずに済むようにはするつもりだ」

だが、父親を殺したりしたら、一生後悔するのではないか。

リサの逡巡《しゅんじゅん》を断ち切るように、カリトンの溌剌《はつらつ》とした声が響く。

「よし、わかった。私は新たな聖帝を信用する。聖都にはトップクラスの魔術師がそろえられているというから、私も加勢するよ」

ファティスは欄干から宙へと両手を伸ばし、カリトンの手を包《くる》んだ。

「大公殿下、心強いお言葉、ありがとうございます」

そのとき、カリトンの瞳が、驚いたように見開かれた。しばらくファティスをしげしげと眺め、返事を忘れていたくらいだ。

カリトンがようやく口を開く。

「……いや、これは……自分のためでもあるんだ」

自身に言い聞かせるような口調だった。

ファティスが繋いでいた手を離す。

「大公殿下、私は、聖帝の城に行く前に立ち寄るところがあるんです。のちほど城で合流できますか？」

「あ？　ああ」

ファティスが聖帝の城に直行しないことを意外に思ったのはカリトンだけではない。リサはソフォクレスと顔を見合わせた。


カリトンがドラゴンに乗って一足先に聖帝の城へと向かう。

ドラゴンが小さくなっていくのをバルコニーで眺めながら、ソフォクレスが怪訝そうにファティスに尋ねた。

「ファティス、こんな一刻を争うときに、どこに寄り道をするというんだ？」

「おまえには関係ないよ。これは俺たちの問題だ」

「なんだよ、いちゃつく気かよ」

話が面倒な方向に行きそうなのを察し、リサが質問し直す。

「ファティス、何か事情があるんでしょう？」

ファティスが屈んでリサに耳打ちしてきた。

「聖殿だよ。このこと、ソフォクレスに知られてもいいのか？」

それはリサの過去のことだろうか、それとも、児童虐待が聖なる場所で行われていたことだろうか。どのみち、リサは自分が恥じることではないと思う。

「私は……大丈夫よ」

ファティスが背をただし、声の大きさを元に戻した。

「そうか。リサ、俺はまだ、聖殿の子どもたちを救い出せていないんだ」

「……ファティス、あなた……！」

ファティスはこの六年間ずっと気に病んでいたのだ。だから、妖精の森で身の危険を冒してまで、一人、魔法の修行に励んでいたのだろう。

「私との約束……ずっと覚えていてくれたのね」

――それなのに私は忘れていた。

全てを思い出した今となっては、六年間、どれだけの子どもたちが聖殿で苦しい思いをしたのかと想像するだけで、胸が張り裂けそうだ。

だが、今、一番苦しんでいるのは、目の前にいるファティスである。

リサは、ファティスに寄りそう。

「どうして、ラミアのバックにいる大物が聖帝だとわかったの？」

「自分の姿を偽る術を身につけ、聖職者として聖殿に潜入して、金《かね》の流れを調べたんだ。ラミアの育てた娘が聖帝に捧げられていたので、黒幕が聖帝だと睨んでいたが、人身売買と児童労働で得た儲けのほとんどが、聖帝の戦力の増強に使われていたんだ……」

ファティスが呻くようにそう言った。

そしてその聖帝を支えてきたのがファティスの父なのだ。リサと知り合わなかったら、ファティスがこんな苦しい思いをせずに済んだのではないか。

――いいえ！

リサは首を横に振った。

正義感の強いファティスのことだから、聖殿で行われていることを知ったら、リサと知り合わなかったとしても、きっと同じ道を選んだことだろう。

――私が聖乙女でよかった……。

リサは初めてそう思った。リサがファティスの役に立てるとしたら、聖乙女の回復魔法であり、彼に聖帝としての力を授けられたことだ。

聖殿であんなことがあった以上、リサは神を信じる気になどなれないが、リサにファティスという聖帝にふさわしい男と巡りあわせ、聖乙女の力を授けたのが神ならば、信じてもいいように思う。

「今こそ、聖殿の子どもたちを解放するときだと思っているのね？」

　ファティスが頭を小さく縦に振った。

「女官ラミアが真に忠誠を誓っているのは、聖帝ではなく、金《かね》なんだ。いつもで逃げられるよう準備している。だから、聖帝の城に行く前に、まず、聖殿のラミアの部屋に行くつもりだ。リサ、辛いことを思い出してしまうかもしれない。君はいっしょに来なくていい」

　さっき、ラミアの恐ろしさを追体験したばかりなので、リサは一瞬びくっと体が硬直したが、今回ばかりは絶対に付いていかないと、と思った。

「ううん、大丈夫。やっと子どもたちを救い出せるんでしょう？　絶対に行くわ。ファティスの役に立ちたいの」

　ファティスが困ったように笑った。

「君はいつも他人《ひと》のことばかり」

　ファティスがリサの手をぎゅっと握りしめる。

「私も行く。魔法使いの味方は一人でも多いほうがいいだろう？」

　ソフォクレスが手を差し出すと、ファティスは躊躇《ちゆうちよ》せずに、その手を取った。

「ああ。助かるよ」

　ソフォクレスが一瞬、意外そうな顔をしたあと、うれしそうに頷くと、ファティスも頷きで返し、目を瞑った。

「では、まず、ラミアを探す。恐らく本殿の裏の宿舎の最も上の階……いた……ラミアと……衛兵三人……魔術師は……いない。早速本丸を目指すぞ。ラミアのもとに【移動】」

　【移動】するつもりだ。

第八章　聖都へ！

リサが宿舎の最上階にあるラミアの部屋に入ったのは初めてだった。

――ラミアはここの女王様だったんだわ。

地下に岩がむき出しの部屋があるとは到底思えない、ラミアの趣味なのか薄ピンク色の壁は黄金の装飾で飾り立てられていて、黄金の妖精が舞っている。その財源が、子どもたちを働かせて得たお金だと思うと、リサは口惜しくて仕方ない。

ファティス一行に気づくと、ラミアはカッと目を見開いた。

「リサァ！　よくものうのうと……！」

憎しみに満ちた目で罵声《ばせい》を浴びせられ、リサは胸の動悸《どうき》が激しくなり、いやな汗が流れ始める。

独房の中で叫びながら逃げ回るマイアの姿が思い出され、あのときの恐怖が再び蘇ってきた。気づいたら手の震えが止まらなくなっている。

「リサ、俺の後ろに」

ファティスがリサの前に出て遮ってくれたので、リサは正気を取り戻せた。ソフォクレスが驚きと心配の入り混じった瞳をリサに向けている。

——しっかりしなきゃ。

「ラミア、立場をわきまえろ。俺はこれから聖帝となる男だ。その前に、この聖都から膿《うみ》を出し切る。まずはおまえからだ！」

そのとき、衛兵が一斉にファティスに斬りかかったが、ファティスとソフォクレスが「【緊縛】」と、呪文を使ったことであえなく終わった。

ファティスは衛兵など眼中にない様子だ。

「ラミア、まず、この宿舎の鍵を全て俺に寄こすんだ」

衛兵三人が一瞬で固まったのを目の当たりにして、ラミアは一転して媚《こ》びるような笑みを浮かべた。

「は、はい。今すぐ」

ラミアが、ごてごてと黄金で装飾されたチェストの一番下の引き出しを開けて、たくさんの鍵が通されたリング状の鍵束をおずおずと差し出してくる。黄金の引き出しから出てきたとは思えないむき出しの鉄製の輪だった。

ファティスはそれを受け取らず、呪文を唱える。

「鍵よ、全てあるべきところに【移動】し、本来の役目を果たせ。【解錠】」

すると、ラミアが手にしていた鉄の輪から全ての鍵が消えた。

ラミアは、鍵がなくなった鉄の輪を見て呆然としていた。

「ラミア、ここでおとなしくしていろ。【緊縛】」

ラミアが鉄の輪を握りしめたまま固まった。

ファティスがソフォクレスのほうに顔を向ける。

「ソフォクレス、魔術師に緊縛魔法を解かれたらまずいので、ここで見張っていてくれないか?」

ファティスがソフォクレスに頼みごとをしたのはこれが初めてだ。最初はアニメのキャラクターに重ねて、助けてくれる人がいないと死ぬと勘違いしていたリサだが、やはり、ソフォクレスがいてくれてよかったと思う。

ソフォクレスも心なしかうれしそうだ。

「ああ。魔術師が来るとしたら、ここだろうからな。任せておけ。物理的にも手足を縛って逃げられないようにしておくよ」

「……ありがとう」

ファティスがソフォクレスに感謝の言葉を述べたのもこれが初めてだ。

「リサ、子どもたちの部屋は全て開いているはずだ。みんなを外に連れ出そう」

「あ、は、はい!」

リサは両手で自分の両頬をパンッと叩いて気合いを入れ、ファティスとともに回廊に出た。衛兵たちが押し寄せてくる。

「みんなまとめて【緊縛】」

すると衛兵たちが固まった。自分でやっておいて、ファティスが驚いた表情になった。

「どうしたの?」

「いや、こんなに大勢を一気に【緊縛】できるとは思ってなかったから……。聖帝の力はすごいな」

リサは苦笑する。ファティスもまた、自分が聖帝になったことに実感が湧いてないようだ。

「では、まず、怪しまれないよう、聖職者の服に着替えよう。【召替】」

リサとファティスは一瞬で、裾の長い聖衣姿になった。

――なんでもできちゃうから、怖いものなしね！

「まずは半地下だ。【移動】」

リサは久しぶりに宿舎の半地下の回廊に足を踏みいれた。そこは、記憶よりもひどい環境だった。

――空気がよどんでるし、かび臭い……。

全ての扉が開いているが、回廊には誰もいなかった。ファティスが怪訝な顔になる。

「部屋の中に人の気配があるのに……なぜだ？」

部屋に近づくファティスを、リサは制止した。

「私、なんとなくわかるの。ずっと閉じ込められていると、出るのが怖くなるのよ。勝手に出たら、お仕置きを受けるかもしれないし……」

リサは一人でそうっと中に入る。左右に二段ベッドがある。部屋もベッドも記憶の中より小さかった。こんなに小さな部屋で四人ひしめきあって生きていたのだ。

そして今、そのベッドの中から、じっとこちらを観察している四人の少女がいた。

リサは当時の絶望を思い出して息が苦しくなるが、なんとか心に押し込めて笑顔を作る。

「さあ、みんな、もうラミアは捕まったわ。あなたたちは自由よ」

四人が信じられないという表情で、お互いに顔を見合わせた。十歳そこそこの最も年下の少女が、おずおずと口を開いた。

「あ、あなたは誰……？」

「私？　私は……あなたよ」

リサの頬には、いつしか涙が伝っていた。

「あなたが私？」

少女がぽかんとしている。

──いけない。

リサは手の甲で涙をぬぐう。こんなことでは、ファティスの足手まといになってしまう。

「そうなの。私、十四歳まで、ここで過ごしたの。助けに来るのが遅れて……ごめんなさい」

リサは涙を止められなくなる。顎からぽたり、ぽたりと雫が垂れていく。

だが、その涙につられるように少女たちがベッドから下りてきた。

「お姉さん、泣かないで」

「そうよ。遅くないわ。来てくれただけでうれしい」

リサは、気づいたときには四人の少女に囲まれていた。

「あ、ありが……とう。ほかにも……この階に子ども……子どもたちがいるはずよ」

「そうなの？　それなら、私たちが手伝ってあげる」

年長の少女に手を引かれ、リサは部屋を出た。

扉の前でファティスが心配げにこちらを見ている。全く恥ずかしい。

「あの人は誰？」

少女に尋ねられ、リサが答えようとする前に、ファティスが答えた。

「私は皆さんをお守りする騎士です」

ファティスがいつになく丁寧な口調で、腰に携えた剣の柄《つか》を握ってお辞儀をしてみせる。

「そう。それなら安心ね」

年少の子が無邪気にそう言った。

半地下には、ほかにも同じような部屋があったが、少女たちのおかげで警戒されずに済んだ。リサとファティスは四十三人の子どもたちを連れ、一気に二階まで上がる。一階は応接室など対外的な部屋で、子どもがいないからだ。

リサが二階に来たのは初めてだった。そこには観音開きの大きな扉があった。

ファティスが扉を少し開け、リサが中をのぞくと、十代の子どもたちが何百人もすし詰めになっていて、中には十歳そこそこの子もいる。みんな、粗末なお古を身に着け、どんよりとした瞳をしていた。

リサの部屋と違って、ここには大きな窓がいくつかある。明るいほうが作業しやすいのだろう。

仕事は多岐にわたっていて、野菜の皮をむくなど調理をするグループ、刺繍や裁縫など服を作るグループ、革をなめし、靴の製造をするグループなど、長テーブルごとに仕事内容が違っていた。

ここには、リサたちとは違う地獄があるのだろう。リサたちは、体を動かせない辛さ、この子たちは過酷な労働の辛さ――。

　リサのいた半地下がお人形を造る工場なら、二階は、物を造る工場。リサたちは出荷するために監禁して育てられ、この子たちは無給の労働者としてこき使われる。

　リサはファティスに小声で聞く。

「ねえ、みんな、大人になったら、どこに行くの？」

「模範的な児童はここで衛兵や女官として残り、それ以外の子どもは……魔術で記憶を消され、女子は娼館に売られ、男子は外に放り出されるんだ。俺が聖職者として潜入していた二年間、何人かは保護したんだが……一人の力では限界があった……」

　ファティスの孤軍奮闘を知り、リサが感動しているところに衛兵の怒鳴り声が聞こえてくる。

「おまえたち、どうしてここにいるんだ！」

　半地下から連れてきた子どもたちも中に入ってきたものだから、衛兵がわらわらと集まってきた。

　ファティスは少女たちの前に回り込んで盾になる。

「おまえらこそ【緊縛】」

　衛兵たちが動かなくなった。

　ファティスは、ほかの衛兵たちも全て動けなくすると、リサを連れて、広大な作業場の中央まで歩く。そこにちょうど使われていない長テーブルがあったので、移動魔法で、自身とリサをその上に移した。四方から子どもたちの視線を浴びることになる。

テーブルの上に立ったファティスが深く息を吸う音がする。吐き出されたのは明るい声だった。

「みんな、私は聖職者の服を着ているが、魔法使いだ。衛兵たちに緊縛の魔法をかけたのを見てくれただろう？　だが、ただの魔法使いじゃない。新しい聖帝のファティスだ。まさかと思った？　なら、証拠を見せよう。私も聖帝になって初めて使う魔法だ。うまくいくかな？」

リサはファティスの横で、ハラハラしながらも成りゆきを見守っていた。

ファティスが手を高く掲げた。こういう演出が必要と思ってのことだろう。

「【召喚】出《い》でよ、ペガサス！　そして、ここにいる子どもたちに挨拶をするんだ」

すぐに馬の嘶《いなな》きが聞こえ、天使のような大きな翼を広げたペガサスが窓の向こうに現れた。中をのぞき込んで、頷くことで挨拶をする。

「ここ、二階だぞ？」

「ペガサスって確か聖帝しか召喚できないんじゃ？」

そんな声が上がり、子どもたちがざわつき始める。

「わかってもらえたかな？　みんな、ラミアが伯母だと騙されてここに来たんだろう？　そして今、ここでしか生きていけないと思い込まされている。だが、それは間違いだ。君たちが生きる場所は外にある。君たちは自由だ。まずは、そうだな……聖帝の城を孤児院にしよう。だから、みんな城まで歩いて行けるな？　外の散歩は久々だろう？」

わっと作業場が沸いた。

「だが、その前に裁判だ。ソフォクレス、ラミア、ここに【移動】せよ」

次の瞬間、テーブルに立つファティスの横にソフォクレスと、手足を縛られたラミアが現れた。

「急に【移動】させるなよ、驚くだろう！」

文句を言うソフォクレスに、ファティスがすまなそうに目配せする。

「さあ、証言者が全員そろっているうちに裁判をしよう。ラミア、【浮上】」

手足をチェーンで括られたラミアは皆から見えるように、テーブルに立つファティスの肩ぐらいの高さで浮かんでいた。あの高圧的なラミアと同一人物かと見まごうぐらいに怯えている。

ファティスが子どもたちを見渡す。

「証言者は君たちだ！　ラミアがどんな罪を犯したのか教えてくれ」

だが、誰も声を上げようとはしなかった。もし、これが罠だったら、と思ったら当然のことだ。

ラミアは長い時間をかけて、子どもたちから歯向かう気力を奪ってきたのだから――。

その気持ちはリサには痛いほどわかった。リサは周りをぐるっと見回してから口を開く。

「では、まず、十四歳のときに、ここを逃げ出した私から言うわ。ラミアは伯母だといつわって、十一歳の私をここに連れてきて、半地下のほとんど日の当たらない部屋に監禁したわ。しかも、脱走を試みた姉さんを……」

マイアがここを離れるときの童女のような笑みを思い出し、リサは声を詰まらせそうになる。

――泣いてはだめ。ちゃんと口にするのよ。

「独房に入れて……発狂させたわ。しかも、姉さんが十五歳になったら……性奴隷として売った」

そこまで話すと、リサはまた泣き出してしまう。

ファティスが「ごめん」と、リサの肩を抱いた。

するると、子どもたちが口々に、ラミアへの怨嗟《えんさ》の声を上げた。

「体調が悪いのに働かされて、死んだボレアスはまだ十一歳だった！」

「病気で熱を出していた私を、怠《なま》け者だと鞭打った！」

皆が口々に声を上げると、ラミアが震え出す。

「みんなを苦しめたラミアはこのざまだ。何も怖れることはない。こちらの魔法使いといっしょに、城まで来てくれるな？」

ファティスがソフォクレスを手で指し示すと、ソフォクレスが一瞬、「え？　この私が子守？」と心外そうにしていたが、子どもたちが一斉に、おーっと気勢を上げたものだから、愛想のいい笑みを作った。

ファティスがソフォクレスに耳打ちする。

「俺たちは聖帝のもとへ向かうから、この子たちを頼む。魔術師に狙われるかもしれない」

やれやれと、ソフォクレスが肩を竦める。

「はいはい、わかったよ。聖帝陛下」

「……勝手なことを頼んで、すまない」

ファティスがこんな殊勝なことを言うとは思ってもいなかったので、リサだけでなく、ソフォクレスも少し驚いた様子だった。

「あ、ああ。こういうときのために私が来たんだ。子どもたちを無事、城に届けるから、さっさと聖帝を片づけてくれよ」

「もちろんだ。リサ、行くよ」

ファティスがリサの手を握る。

「聖帝は……あの円形の寝室にいる。リサ……大丈夫か？」

リサは聖帝に襲われたときの恐怖を思い出す。でも、あのときもファティスが助けてくれた。

リサは繋がれた手をぎゅっと握り返した。

「ええ。ファティスがいるから……大丈夫よ」

ファティスがリサと視線を合わせて小さく頷く。

「では、【移動】聖帝のもとへ」


気づくと、リサはファティスと、見覚えのある白い壁に銀の装飾が施された天井の高い部屋に立っていた。意外にも衛兵がいない。

ベッドの天蓋から垂れ下がった黄金のカーテンが音も立てずに開いた。手で開けたらこうはいかない。中に魔術師がいる。

「ファティス、遅かったな」

円型のベッドの中央に、聖帝ディンラスと、第一魔術師イオエル、そして二人の間には透け透けの薄布一枚の女性が座っていた。

――エメラルドのような大きな瞳に小さな赤い唇、そして豊かな銀髪……。

「マイア姉さん！」

マイアが虚ろな眼差しを向けてくる。

「……誰？」

「リサよ。マイア姉さん、無事だったのね！」

マイアがリサを見て、ぶるぶると震え出す。

「怖い……誰？」

マイアが怯えたように聖帝ディンラスにすがった。ディンラスがマイアの背をぽんぽんと軽く叩いている。

――マイア姉さん？

これではまるでリサたちが悪者だ。

「彼女が、独房に入れられていたマイアなのか？」

ファティスに小声で聞かれ、リサは頷きで答える。

ディンラスが勝ち誇ったように視線を向けてきた。

「怖くないよ。彼らは私たちを攻撃できない」

――マイア姉さんを人質にするつもりね？

ファティスが父親のイオエルに語りかける。

「父上、六年ぶりですね。あなたにもう一度問いたい。なぜ、女性を人質にするような聖帝に味方するのか、と。いや、もうこの男は聖帝ですらない。ただのディンラスです。あなたの息子は聖帝になりました。今こそ、この男を見離してはいかがです⁉」

イオエルは無表情でそれを聞いていたが、隣のディンラスがハッハハハと大口を開けて笑い始めた。

「ファティス、その歳になっても父親を慕うか！　だが、おかしいと思わなかったのか？　おまえはろくに訓練も受けていないのに聖乙女を異世界に飛ばした。そんな魔法が使えるのは聖帝か、聖帝の子ぐらいだ！」

ファティスはそんなに驚いていなかった。彼なりに自分の魔力の強さについて思うところがあったのだろう。

「ファティス……おまえは……私と聖妃の間に生まれた子だ」

ファティスが一瞬びくっと体を反応させたあと、何かに耐えるかのように拳をぎゅっと握りしめた。

「……なら……なぜ、自身の子として育てなかったのです？」

「聖妃は、一歳のおまえを連れて逃げようとしたから殺した。私を裏切った女の産んだ子など、いつ、自分に歯向かうかわからない。殺してしまいたかったが、イオエルが魔力を封印する腕輪をはめるから大丈夫だと……」

ディンラスが恨みがましそうな目でイオエルを一瞥すると、ファティスが唇を噛んだ。唇に血がにじんでいる。

「ファティス、父親を、しかも聖帝を殺すなど、してはいけないことだと思わないか？」

ディンラスがしたり顔で語りかけるが、そのとき、ファティスの目が据わった。腰に携えた剣の柄《つか》を握りしめる。

「聖妃を殺したおまえが言うかぁ！」

ファティスが剣を掲げた。

――父親に手を下したりしたら、一生、ファティスの傷になってしまうわ！

「やめて！　お父さんでしょう？」

リサが止めようとファティスの背に抱きつくが、それを振り切ってファティスが聖帝のほうに踏み込んだ。

「違う！　俺に父などいない！」

ファティスが絶叫した瞬間、天井まであるガラス窓が巨大な破砕音とともに砕け散った。

ドラゴンが顔を出したので、マイアは悲鳴を上げ、這うように聖帝のもとから離れる。ドラゴンは鼻先でイオエルをベッドから振り落とすと、聖帝の胴体を咥えた。

「な……何を！　【緊縛】【緊縛】！」

聖帝がそう叫んだが、ここにいる者で、動きを封じられた者は誰もいなかった。

聖帝を咥えたまま、ドラゴンが空中へと翔び立つ。甘噛みのようで、聖帝はドラゴンの口から頭と足だけ出してじたばたしている。ドラゴンが窓の外で旋回し、背に乗っている青の大公カリトンの姿が見えた。

「大公殿下！」

ファティスは剣を掲げたまま、そう叫んだ。

そのとき、地上から子どもたちの声がした。ソフォクレスが連れてきてくれたようだ。

「すごい、ドラゴンだ！」「本物だ！」「ドラゴンが誰かを咥えているぞ！」

そんな声で沸いていた。

破壊された窓の向こうで、カリトンがドラゴンの上から話しかけてくる。

「ファティス、今や君が聖帝だ。聖帝自ら手を汚すことはない。そして、聖帝だった白の公子ディンラスは、私が始末する。これは、君のためじゃない。私自身のためだ」

ファティスは窓に駆け寄り、カリトンに向かって声を上げる。

「赤の公国《トウリアンダフィリス》を出るときもそうおっしゃっていました。殿下ご自身のためというのは……それは……どういう意味なんです⁉」

カリトンがじっとファティスを見つめてくる。その瞳は慈愛に満ちていた。

「それは……君が私と聖妃の子だからだ……」

ファティスが呆気にとられたように目を見開いた。

――青の大公が、ファティスの本当のお父さんなの……⁉

驚いたが、リサは一番納得のいく答えを得たように思う。青の大公カリトンは前《さき》の聖妃の子で、強大な魔力を持っていると聞いた。聖妃の子と、次代の聖妃との間に生まれたのがファティスなら、ほかの魔法使いの追随《ついずい》を許さない圧倒的な魔力にも納得がいく。

カリトンが話を続ける。

「ファティスが一歳のとき、君が私の子だと知って母子を引き取ろうとしたんだ。だが、聖妃ヴァネッサは約束の場所に現れなかった。その後、訃報《ふほう》を聞いたが信じられず、城内に内偵を出した。亡くなったという裏付けが取れただけだった。母子ともにディンラスに殺されたのだと思った。私はあれからずっと復讐のときを待っていて、赤の公国に駆けつけたんだ。だが、バルコニーで、間近で君を見たとき……あのときの感動がわかるか！　ヴァネッサに生き写しの顔がそこにあったんだ！」

カリトンは感極まって、瞳に涙を浮かべる。

「あなたが……私の……父親？」

ファティスは信じられないという顔つきで、つぶやくようにそう言った。

「ああ。【透視】で、さっきの話は全て聞かせてもらった。君が聖帝の子だとね。聖帝ディンラスはヴァネッサから愛されていなかった。実は、聖妃は愛する男との子しか産まないんだ。だから、ディンラスと結婚後、何年も子を授からなかった。……つまり、君は私の子だということだ！」

ファティスが言葉を失っていると、ヒュンッと矢の飛ぶ音がして、ドラゴンの口元に刺さった。ドラゴンの皮膚は硬い鱗で覆われていて、大した傷にもならないだろうが、その拍子に、ドラゴンの口が開き、聖帝が宙に吐き出される。聖帝が落下し、地上でズシャッと肉が潰れる音がした。

リサが窓のほうに駆けつけると、ベッドの陰で、イオエルが弓を手にしていた。

窓際に立っていたファティスが驚きを隠せないまま、イオエルに問う。

「父《ちち》……いや、イオエル、俺はまだ聖帝を殺す気はなかった……ちゃんと罪状を認めさせてからと……なぜ、おまえが殺すんだ⁉」

本当に不思議でならないという問い方だった。

「私は聖帝が白の公子だったころからお仕えしている第一魔術師だ。聖帝の名誉を守る義務がある。聖帝が見世物になるなど許せない」

イオエルが立ち上がり、毅然《きぜん》と答える。

ファティスが、やり切れないといったふうに目を眇めた。

「では、なぜ……なぜ六年前、私を助けたんです⁉」

――え?

意外な言葉にリサはまじまじとイオエルの顔を見つめる。

イオエルが忌々《いまいま》しげにこう答えた。

「……それはおまえが聖帝の息子だと思っていたからだ。白の大公の血筋でないとわかっていたら生かしてなどおかなかった」

「ど……どういうこと? 助けたって?」

リサが思わず疑問を口にすると、ファティスがリサのほうに顔を振る。

「リサを異世界に転移させたあと、俺は魔力を使い果たして倒れこんだんだ。聖帝は今がチャンスとばかりに、イオエルに俺を殺すように命じた。イオエルに剣を振り上げられ、もうだめだと思った瞬間、俺は妖精《ニンフ》の森に飛ばされた。俺にはそんな力、残っていなかったし、妖精の森のこ

とも知らなかった。妖精たちによると、俺は意識不明で妖精の森の入り口に倒れていたそうだ

「……」

イオエルが片方の口角を上げ、クッと思い出し笑いをした。

「全く……魔力に恵まれている者はやることが計り知れないよ。ファティスは聖乙女をよりによって異世界にまで飛ばした。知識があれば、妖精の森で済んだものを」

ファティスが困惑したように眉をひそめた。

「なぜ、聖帝を裏切ってまで私を生かしてくれたんです？」

養父として情が湧いたのではないか。ファティスはそれを確かめようとしているように思えた。そのとき、イオエルの様子が一変した。口を押さえて気持ち悪そうにしている。

「どうしました？」

「……矢を放ったあと飲んだ毒薬が効いてきたようだ」

ファティスが信じられないといったふうに目を見開いた。

「あ……あんな男のあとを追おうって言うんですか⁉」

立っていられなくなったようで、イオエルが、そのまま、どさっとベッドに横向きに倒れた。その顔は、ファティスとその向こう、窓外でドラゴンに跨っているカリトンへと向いていた。

「……私の中の白の公国《アスプロス》の血、これは消せはしない。ファティス、私は見てみたかったんだ。おまえが大人になって腕輪を外したとき、誰も召喚できなくなっていた……ぐぼっ……グ……グリフォンを……」

イオエルが話し途中で血を吐いたので、リサは慌てて駆けつけ、彼の腹を押さえる。

「聖乙女に手当してもらえるなんてな……。私の出身、白の公国は公子でも魔法が使えない者がいたんだよ……ディンラスだって……」

イオエルが小さく笑った。

「水を飲んで！　吐くんです！」

ファティスが近くのチェスト上にあった水差しを手に取り、無理矢理イオエルの口に突っ込んだ。

イオエルが拒否するように小さく顔を振り、口元から水があふれ出る。

「無駄だ。……そんなやわな毒薬じゃない」

「いやだ！　死ぬな！　まだ聞きたいことがあるんだ！」

ファティスの瞳からぶわっと涙があふれ出す。ファティスはいつの間にかイオエルの子に戻っていた。

だが、イオエルは目に見えて弱ってきている。リサはずっと腹に手を当てているが全くよくなっていく感じがせず、すがるようにファティスを見上げる。

ファティスは涙をぬぐうこともなく、頬を流れるままに任せていた。が、突然、何かを諦めたかのようにぎゅっと目を瞑る。

「【召喚】グリフォン」

外からバサッと飛翔する音が聞こえてくる。

そのとき、窓外に向いていたイオエルの瞳が天国でも見るように見開かれた。

それはもう天国で見た夢かもしれなかった。颯爽《さっそう》と室内に飛び込んできたグリフォンは黄金の光を放って輝き、獅子のような気高い眼差しでじっとイオエルを見つめ、鷲のような翼を所狭《ところせま》しと広げていた。

「なんと……美しい……これが……グリフォン……！」

イオエルが手を伸ばす。その手は震えていた。

ファティスはイオエルを抱き上げ、グリフォンの鬣《たてがみ》に寄りかからせる。

「ファティス……さっき、なぜ聖帝を裏切ったのかと聞いたな。私が聖帝を欺《あざむ》いたのはあれが最初で最後だ。ディンラスは私に白の公国再興の夢を見せてくれた。だが、私は多分、見たかったんだ。人間が使える魔法の限界を……ぐっ……だ、だからおまえを殺さなかったことを……後悔……してはいない。……い、一介の魔術師として……魔法使いの頂点であるおまえのそばにいられて……よか……」

イオエルがそのまま動かなくなった。

ドラゴンから降りてきたカリトンが、ベッド脇に立つ。

「聖帝は腐りきっていたが、イオエルは立派な魔術師だった」

ファティスはイオエルを仰向けにさせた。しばらく黙って見下ろしていたが、決意したように手の甲で涙をぬぐった。

「いえ、いくら忠義のためとはいえ、イオエルは……罪に手を染めていました。私に罰せられるより、このほうが……幸せだったのかもしれません」

カリトンがファティスの肩を抱いた。背の高いファティスと同じくらい上背があった。

「ファティス……すぐに頭を切り替えるのは難しいと思うが、私からしたら、まさかヴァネッサとの息子が生きているなんて……夢のようだ。私はヴァネッサを今生《こんじょう》では幸せにできなかった。息子が一歳のときに絶命して自分で育てられなかったのはさぞや無念だったろう。……だが、彼女は神の娘だ。こうして立派な男に育ったことをきっと天で見ているし、喜んでいるはずだ。おまえと……ヴァネッサの話をしたい……」

カリトンの瞳に涙が光り、ファティスの口がぎこちなく動いた。

「……ち……ち……う……」

第九章　時は再び動き出す

ファティスの母、ヴァネッサは青の公子カリトンと恋仲だったのに、カリトンは次期聖帝選定の議に向かう途中で、白の公子ディンラスの罠にはまり瀕死に陥り、出席どころではなくなっていた。

しかも、ディンラスは魔術師の力でカリトンを装い、ヴァネッサを騙して、聖帝となったのだ。

聖乙女がなぜそんな男に騙されたのかと、不思議に思う者もいるかもしれないが、リサにはわかる。聖乙女、神の娘と囃《はや》し立てられても、本人はただの娘なのだ――。

それからというもの、リサもファティスも忙しい日々が続いた。

慣れない仕事も多かったが、カリトンやソフォクレスが惜しみなく力を貸してくれた。

特にカリトンは自身が政治経験で得たことを息子に伝えられるのを何よりも幸せに感じているようだった。

ファティスはまず、ラミアをはじめとして聖殿での児童虐待に関わっていた者たちを拘禁し、その罪状を調べあげさせた。その際、子どもたちが閉じ込められていた宿舎が牢屋として使われる。実際あそこは牢獄のようなものだ。

ただし、聖帝を支えていた魔術師団の中でも、罪に手を染めていない者は登用した。ファティスは聖職者として聖殿に潜入していたので、誰がどんな役目を果たしていたか、よく把握していた。

そして、リサの担当は、聖殿から救い出した子どもたちの養父母探しだ。これは相性もあるし、難しい仕事だが、やりがいがあった。

一ヵ月ほど経ち、少し落ち着いてきたころ、リサはファティスとともに、彼が育ったアンディーノ邸を訪れることになった。亡き養父に配慮してか、彼はグリフォンを選んだ。

ファティスがいつものようにリサを後ろに乗せる。二人を乗せたグリフォンが地を蹴り、羽ばたく。ぐわっと一気に上昇する感じが、初めてのころは怖かったが、最近、慣れてきた。

グリフォンがアンディーノ邸の庭に舞い降りると、聖殿で同室だった、ネリダ、ヴェロニク、ペダルが邸のエントランスの前でグリフォンを見上げていた。

懐かしい顔を見て、リサは涙がこみ上げてくる。すぐに瞼をぬぐったのは、大人になった彼女たちの顔をしっかり見ておきたいからだ。

「リサ！」

皆が手を振りながら、グリフォンに駆け寄ってくる。

ファティスがグリフォンから先に降り、リサに手を差し出す。いつものことだ。正直、一人で降りられるのだが、ファティスにエスコートされるのはうれしいので、いつも彼の手を取って降りる。

リサが地上に足をつけると同時に、三人がわっと抱きついてきた。

「リサ、すごく大人っぽくなったわね」

リサとペアだった二歳下のヴェロニクがいつの間にか目線の高さが同じになっている。

「それを言うならみんなだって」

「リサがまさか聖乙女だったなんて！」

年少のペダルが笑った。笑うと子どものころと同じ顔だ。

「そんなの……私だって知らなかったわ！」

そのとき、背後で童女のような笑い声がした。

マイアがキャッキャッと楽しそうにグリフォンの翼を撫でている。マイアだけでなく聖帝の性奴隷となっていた女性たちは全員、アンディーノ邸に引き取られていた。マイアたちと同じ境遇で育った三人が、彼女たちの世話をするのに適任だという判断だ。

マイアは秋空のもと、屈託のない笑みを浮かべているが、立派な成人女性だ。その光景は悲しいものだった。

「私たちもマイア姉さんみたいになっていたかもしれないわ……」

リサがそうつぶやくと、リサと同い年のネリダが思いつめたような表情を向けてくる。

「リサがいなくなって、ファティスがリサを助けに行ったまま戻らなくなって……でも、ファティスの乳母だったマリッサが私たちを守ってくださったの。本当にいくら感謝しても感謝しきれないわ。でも、私たちだけが幸せになったみたいで……申し訳なく思っていたの」

――三人はあのときのままだったのね……。

リサは聖殿から抜け出したばかりのことを思い出す。ほかの子たちを置いて、自分たちだけが陽の当たる場所に逃れてきたことで罪悪感に苦しんでいた。そんなとき、ファティスがこう言ってくれてどれだけ救われたか――。

『君たちは被害者なんだ。申し訳ないなんて考えを持つのはやめたほうがいい』

この言葉を三人に伝えたかったのに、伝える前に、聖帝にさらわれてしまった。今になってやっと当時の自分たちを客観的に見られるようになった。

ネリダたちが聖殿からいち早く救出されたことは喜ばしいことであり、彼女たちが申し訳なく思うことなど何もないのだと――。

「私、みんなの気持ち、すごくわかる。私もここに来たばかりのときは聖殿とあまりに別世界で、自分たちだけが逃げ出したみたいで……苦しかった。でも、今になって思えば、私たちは犠牲者で申し訳なく思うことなんてひとつもないのよ！」

皆が唖然としていた。

――いけない、私、急にヒートアップしちゃって、呆れられた？

「……リサ」

ネリダが困ったように笑った。

「リサ、ありがとう。私たちのことを思ってくれている気持ち、伝わったわ」

ヴェロニクが頷く。

「……そうよね。せっかくみんな助かったんだもの。聖帝のもとから救い出された先輩たちの心が少しでも軽くなるよう、頑張ってお世話するんだから！」

「……あ、ありがとう」

リサはもう涙をこらえることができなかった。ほろほろと大粒の雫が瞳から零れ、地面に落ちる。

ファティスが肩を抱いてくれた。

「そうだ。リサの言う通りだ。俺だって、聖殿の子どもたちをもっと早く解放できなかったのかと自身を責めていたけれど、今後二度とこんなことが起こらないよう、それだけを考えて前向きに生きることにする。今みんなにそう誓うよ。だから、みんな、他人《ひと》のこともいいけれど、自分の幸せをちゃんと考えてくれ」

「はい！」

リサにつられて泣きそうになっていた三人が微笑み、泣き笑いのような表情になった。

そのときリサは頭を撫でられる。ファティスかと思ったら、マイアだった。いつの間にかマイアがリサの背後にいた。

ファティスが気を利かしたのか、リサとマイアから少し離れる。

うふふふふと、マイアがリサと顔を突き合わせ、蠱惑的《こわくてき》な笑みを浮かべる。彼女の狂気は、マイアの美しさをさらに引き立てている。不幸にも、聖帝のお気に入りになっていたそうだ。

「……リサ？」

マイアがリサの名を呼んだ。聖帝の城では、リサがリサだとわからなくなっていたのに、今、マイアは確かにリサの名を口にした。

「マイア姉さん！　私のこと、覚えてくれているの？」

リサはうれしくてマイアのほうに身を乗り出す。

マイアは答えずに、「リサ、リサ」と踊るようにリサの周りを跳ね始める。名前が呼べるなんて大きな進歩だ。環境が変わるとよくなっていく——そんな希望がリサの胸に広がっていった。


その夜、同室だった三人と食事をした。男性がいると話しにくいこともあるだろうと、ファティスが遠慮してのことだ。

この六年間のことをお互い話し合って盛り上がった。誰も、聖殿に囚われていたときの話はしない。うれしかったのは、同い年のネリダがアンディーノ邸の侍従と結婚して、二歳の子がいるということだった。

「次はリサね？」

と、含み笑いでネリダが言うと、ほかの二人もキャーッと明るい声で盛り上がる。

「彼、六年前より精悍でかっこよくなったわ。生まれる赤ちゃんは美形間違いなしよ！」

「リサがファティスと結婚したら、聖妃と聖帝になるんでしょう？」

お向かいのヴェロニクとペダルが身を乗り出してきらきらとした瞳を向けてくるものだから、リサは気圧《けお》され、しどろもどろになる。

「あ、まぁ……結婚っていうか、本来は次期聖帝選定の儀っていうのがあって、普通はそれがお見合い兼、結婚式みたいなものだったらしいんだけれど……、わ……私、婚前にそういうことをしてしまったものだから、選ぶことがなくて、そのまま結婚式になるの……」

——恥ずかしいったら……。

リサはうつむいた。

「あら、絶対にそのほうがいいわ」

からかわれると思っていたので、ネリダの言葉を意外に思い、リサは顔を上げる。

「え？」

「だって、選んだその場で結婚式って無茶ぶりじゃない？」

「確かに」

リサが納得していると、二歳下のペアだったヴェロニクが、こんなませたことを言ってくる。

「聖乙女は神の娘だから運命の男性がわかるんだって思っていたけど、リサを見ていたら、恋愛においては私たちと変わらない気がする」

「え、あ……まぁ、そう。その通りよ」

——そっか、ヴェロニクも、もう十九歳なのよね。

「でも、ファティスは本当に立派な人だと思うわ。まずは私たちを救い出して、そして、今、聖殿の子どもたちを解放した。リサの結婚相手が正義の味方みたいな人でよかったって本当に思う」

ネリダの言葉に、ほかの二人も、うんうんと頷いている。

リサは鼻の奥がつんとした。みんなの気持ちがありがたくて、涙がこみ上げてきそうになる。

「……ありがとう」

「幸せになってね、リサ姉さん」

ヴェロニクに潤んだ瞳を向けられたリサは声を詰まらせ、もう「うん」と言うだけで精一杯だった。


晩餐を終えると、リサは自分のために用意された客間へと通される。

――今日も一人か……。

リサは赤の公国《トウリアンダフィリス》でファティスと結ばれて以来、彼と何もなかった。キスさえもなかった。

――転移したばかりのときは、すごく求めてくれたのに。

あれはリサの安全のために、匂いを消したかっただけなのかもしれない。

――またファティスがケガしたら、私の出番が来るのかしら？

そんな不謹慎なことを思って、リサは自分で自分がいやになる。

――もう寝よう！

リサは服を脱ぐと、ワンピース状の白い寝衣を頭からかぶって、ベッドに飛び込んだ。

第一魔術師の邸宅だけあって、日本の自室のベッドの三倍くらいある。

リサは大きな枕を抱きしめた。

——ファティス……会いたいな。

せっかく近くにいるというのに、離れている。それは思ったより寂しく感じられた。

そのとき、突如として指輪の青水晶が光を放つ。

——え？　なんで今⁉

この青水晶が光ると決まって現れるのは……あの、リサが愛する美しい男しかいない——。

気づくと、ファティスがベッドの縁に腰かけ、上体をこちらに向けていた。

「リサ、どうした？」

リサは慌てて起き上がり、ファティスのほうに両手を突いて身を乗り出す。

「え？　どうしてって、どうしてここにファティスが？」

ファティスが呆れたように半ば瞼を閉じる。漆黒の睫毛がピンと前に伸びた。

「どうしてって、その青水晶が光ってる」

ファティスがベッドに乗り上げ、リサの横に座り、指輪をしているリサの左手を取る。とたんに光が消えた。

「リサが俺を呼んだんだろう？」

ファティスの青い瞳に間近でじっと見つめられ、リサはカッと顔が熱くなるのを感じた。

——私の心、全てお見通しみたい……。

これでは、ファティスのことを想うことすら、おちおちできやしない。

「な、何それ……今度からファティスのことを考えるときは指輪を外すんだから」

ファティスが外すなとばかりにリサの手を取り、青水晶にくちづける。そのとき上目遣いでリサを見つめる瞳は野性的で、リサは思わずごくりと唾を飲みこむ。

「考えたぐらいじゃ、俺を呼べない。会いたいと強く願ったときだけだよ?」

次に彼の唇が狙ったのはリサの唇だった。かぶりつくようなキス。そのまま歯列を割られ、舌が入り込んでくる。ファティスがリサの背に腕を回してなかったら、リサは、そのままベッドに後ろ向きに倒れこんでいたことだろう。

ファティスがリサをぎゅっと抱きしめ、口内の奥深くまで舌をからませてくるものだから、リサは何も考えられなくなる。しかも胸のふくらみが彼の胸板に押され、全身に甘い痺れが伝播《でんぱ》していく。

唇が離れたときには、リサはもうぐったりとして、ほうけたようにファティスを見ることしかできなくなっていた。

ファティスも酩酊したような眼差しでリサを見つめ返している。

「……ずっと、キスしたかった……」

意外なつぶやきに、リサはようやく口を開く。

「キスしなかったのは……どうして?」

ファティスがわかってないなと言わんばかりに首を振り、眉根を寄せて再びくちづけてくる。

舌と舌をからませ、くちゅくちゅと舐《ねぶ》ってきた。唇が離れると、名残《なごり》を惜しむかのように蜜が糸となって二人を繋いだ。

「……ふぁ」

リサはもうだめだと思った。ここで止めることはできない。このままファティスに全てを捧げずにはいられない。

「やっぱりだめだ」

リサが思ったのと同じ言葉がファティスの口からも零れ、リサはまた心を見透かされたのかと思った。

「リサとキスなんかしたら、もう歯止めが利かない。止まらなくなる。だから、キスを我慢していたのに、もうだめだ」

「え？」

リサはそのまま仰向けに押し倒される。

「……リサが焚《た》きつけたんだから、覚悟するんだ」

「ええ？」

脱がす余裕もないのか、寝衣の上からいきなり胸の頂を食《は》まれる。乳暈全体をちゅうっと強く吸われた。

「……あ、あぁ……」

リサはいきなり与えられた強い快楽に、腰を浮かせて応える。

しかも、もう片方の胸に手が伸びてきて布の上から乳首を指でしごかれた。

「リサのこれ、小さくて可愛い」

口の端で胸の突起を咥えながら、ニヤッと笑って、ファティスがそんなことを言ってくる。リサは思わず声を漏らした。

ファティスが口と指を使って黙々と、ふたつの蕾を愛撫してくる。リサはじっとしていられなくなって、シーツを蹴るように脚を蠢《うごめ》かせた。

しばらくして、リサが息絶え絶えになってくると、ファティスがちゅぱっと胸から唇を離す。身を起こし、下目遣いで見下ろしてくる。

威厳のある表情が少し、青の大公に似ている気がした。

「あぁ……なんてきれいなんだ……リサ」

ファティスはリサの腰を浮かせ、シーツとの隙間に両手を差し入れる。そのまま臀部を撫でるように通り過ぎ、膝裏までたどりつくと、太ももを思いっきり開いた。

ファティスに見惚《みと》れていたリサだが、一気に我に返る。

「あ、そんな……とこ」

リサは慌てて脚の付け根を隠そうと手を伸ばす。だが、その手はすぐに振り払われ、リサの太ももの間にファティスの凛々しい顔が沈む。秘密の谷間をファティスにかぶりつかれた。

「あっ」

リサは驚きと過ぎた快感に、シーツを掴んで声を上げた。

下生《したば》えの中にいつの間にか何かが芽生えていて、ファティスはそれを歯で優しくしごくと、蜜をとめどなく垂らす蜜源の花園を舐め上げる。

「……ぁあ……そんなとこ……食べない……で」

ファティスが少し口を離した。笑っているようで濡れた花弁に息がかかり、それだけでリサは内ももを震わせる。

「いや、まるごと食べてしまいたいぐらいだ」

再びファティスが花弁をべろりと舐め上げたかと思うと、寝衣の裾を掴んで捲り上げ、乳房をむき出しにすると、指を使って両乳首をこね回してくる。

「……んんっ」

リサは顎を上げて呻いた。

ファティスは攻勢をゆるめることなく、つんと立ち上がったふたつの乳首をいじりながら、舌で花弁をかき分け、蜜を啜《すす》ったかと思うと、奥に隠された秘裂を舌先でたどり、やがて舌をぬかるみの中に沈めていく。

「あっ……そんなとこ……だめ……！」

リサは開かれた太ももを小さく痙攣させた。

それなのに、ファティスは挿れようとはしない。リサの秘所をちゅぱちゅぱと執拗に舌でなぶっては、肉厚な舌をぬるりと差し入れてくる。

リサは、もっと欲しいとばかりにきゅうきゅうと彼の舌を締めつけて応えた。全身がどんどん敏感になっていく。気持ちよすぎて頭がおかしくなりそうだ。

「あ……ファティ……んっ……そんな……あっ」

快感が限界まで近づいてきて、リサは頭の中が真っ白になる。

「ぁあ！」

感極まってついに、リサは果ててしまった。

「リサ……まだ、俺たちはひとつになっていないよ？」

諭すように言って、ファティスがリサの寝衣を一気に引き上げて、頭から外した。

リサは心地よい気怠《けだる》さの中、薄く目を開ける。

ファティスが自身のガウンを脱ぎ捨てたところで、彼の引き締まったたくましい肢体が目に入った。所作が性急で、ファティスがいかにリサに飢えていたかが伝わってくる。

「リサ……目覚めたみたいだな」

ファティスが手を伸ばし、愛おしそうにリサの頬を撫でながら体を重ねてきた。脚と脚が直《じか》に触れ合う。

初めて結ばれたとき、ファティスはズボンを穿いていたが、今は直に触れ合える。リサは引き締まった大腿に脚をからませ、その肌ざわりに酔いしれる。

「……ファティ……いぃ」

「ああ。邪魔な服がなくなって……気持ちいいな」

ファティスがもっと触れ合いたいとばかりに、上体を倒した。左右の前腕で自身の重みを支え、リサの胸の先端と触れるぐらいの近さで上下に動く。

リサは胸の頂が彼の胸筋とこすれ、さらには彼の硬くなった雄芯が下腹に押しつけられるたびに、得も言われぬ愉悦の波が自身の奥底から寄せては返すのを感じていた。

「あ……ファ……ティス……ぁ……ふぁ……きもち……い……」

「それは俺のセリフだよ、リサ……。リサの肌は吸いつくようだ……」

二人はまるでお互いのために創《つく》られた体のようで、あまりの気持ちよさにリサは我を忘れて肌に肌をすり合わせる。

「リサ……気持ちよすぎて……俺……おかしくなりそう……」

「わ……わた……しも」

リサが陶然としてきたところで、ファティスが上体を起こし、リサの膝裏を持ち上げた。彼を求め、とろりと蜜を垂らした孔に、ファティスの反り上がった切っ先がのめり込んでいく。硬く、生温かい彼自身をリサの媚壁はひくついて迎え入れた。

「……リサ……俺だけじゃない。リサだって俺のことを欲してくれていたんだな?」

ファティスの口調は悦びを含んでいた。リサは笑顔で答えたかったが、「……ん」と、喉奥から声を漏らしただけで、うまく笑えたかはわからない。リサはもう官能の海に溺れていて、それどころではなかった。

ぐちゅりと、ファティスの剛直が奥まで抉《えぐ》ってくる。

「あ……！」

リサはファティスの性をぎゅっと締めつけたのが自分でもわかった。ずっと中にいてほしい、離れたくない、そんな気持ちでいっぱいだった。

ファティスが再び退《ひ》く。行かないでと思ったのも束の間、引き抜くことで蜜襞がこすれて、それがまたリサに新たな快楽をもたらす。

「……ふぁ……」

何かにすがらずにはいられない。リサはシーツをぎゅっと掴んだ。

すると、リサの手の下にファティスの手がすべり込み、指と指を組み合わせてくる。リサは指先にぎゅっと力を入れて、ファティスの大きくがっしりした手の甲を感じた。

雄芯がぎりぎりまで下がったかと思うと再び押し入り、みちみちとこじ開けてくる。その際、ファティスが繋いだ手を引き寄せるので、リサは後退することなく、最奥までぎっしりと埋め尽くされ、体の奥底から揺さぶられる。

「ぁあ、あ……ファティ……あぁ……」

「……リサ……リ……サ……」

ファティスも限界なのか、リサの名を繰り返し呼ぶことしかできない。再び腰を退き、ゆっくりと抽挿を始める。腰がぶつかるたびに、たくましい大腿がリサの太ももに当たり、それがまたリサを狂わせていく。そのたびに、リサの口からあえかな声が零れ落ちる。

「あ……ぁ……あ……ふぁ……あ……」

ファティスがリサの手を離し、腰を掴んだ。漲《みなぎ》りを穿《うが》つたびに、腰を引き寄せる、徐々にその律動を速めていく。

「ふぁあ……ん」

リサの手が彼を求めて宙をさまようと、ファティスが背を屈めた。リサは彼の背に手を回してしがみつく。でもまだだ。もっと近づきたい、リサは両脚で彼の背を抱きしめる。まるでひとつになったような感覚にリサは全身を震わせる。

「……くっ」

ファティスが何かに耐えるような声を漏らした。

「……リサ……さっきから……すご……」

何がすごいのかなどと問う力はもうリサには残っていなかった。蜜と汗にまみれた下肢は彼と触れ合うたびにとろけるようで、腰を浮かせて彼を受けとめる。

「……ぁ……あ……も……だ……めぇ」

「リサ……俺も……」

ファティスがリサの中をいっぱいにしたまま､根元を揺らして蜜口をなぶってくる。そのとき、リサは急激に高いところに押し上げられていった。

「ふぁ……あ」

自身の中に彼の情熱が解き放たれたのを感じたのを最後に、リサは境地に達する。

リサが目を覚ますと、仰向けで寝ていて、上掛けが掛けられていた。上掛けの中で、ファティスが横向きになって、リサの金髪の中に埋もれるように寄り添っている。体温がこもって、二人、繭の中にでもいるようだ。

リサが起きたのに気づいたのか、ファティスが鼻先をリサの首にすりすりとこすりつけてきた。

──猫みたいで可愛い。

「……リサ、しばらくうとうとしていたよ?」

ファティスが、髪の毛から顔を出す。こんな優しい笑みがあるのかと思うような、やわらかな微笑を浮かべていた。

リサはドキドキが止まらなくなってしまう。

「ファ……ファティスは?」

「リサが起きるの、待ってた」

片頬をファティスの大きな手で覆われる。

「今、顔、赤くなったよ?」

「だ……だって……」

──いつもと雰囲気が違うんだもの。

ファティスが、まるで世界でたったひとつの宝石でも見つけたような表情をしている。

「そんな可愛い顔で煽《あお》って……」

ファティスが頬を覆った手で、リサの唇まで親指を伸ばした。

リサは全身の肌という肌が粟立つような感覚の中、声を絞り出す。

「あ、煽ってなんか……」

親指が口の中に沈んでいく。リサはその指を離したくなくて、ちゅぱちゅぱと飴《あめ》でも舐めるようにしゃぶってしまう。

ファティスが意外そうに目を見開いた。

「俺のことを欲しそうな顔して……でも、こういう顔は……俺にしか見せてはいけないよ？」

リサは慌てて唇を離す。

「わ、私……どんな顔を……？」

ファティスが濡れた親指で唇をなぞってくる。

「でも、俺なんか、リサよりずっと、リサを欲しがってる」

ファティスが顔から手を離し、横向きのまま、ぎゅっと抱きしめて頬を寄せてくる。

「え？　もう私、あの匂いはなくなってるんでしょう？」

「あのころは……あれだけ匂いで煽っておいて拒否とか、ほんと殺されるかと思った」

ファティスがすりすりと頬をこすりつけてから顔を離す。

「ええ？　そうだったの？」

そのとき、ファティスの瞳が艶《つや》めいた。

「でも、さっきは別の意味で死にそうになった……気持ちよすぎて……。リサは？」

「え？　あ、うん。す、すごく……気持ちよかった」

悪い子を諭すように、ファティスが眉根を寄せてこう言ってきた。

「そんな顔されたら……やっぱり止まらないよ？」

「え？　ええ？」

――私、さっきから、どんないやらしそうな顔をしてるって言うの！

「もう一度、気持ちよくしてやるよ」

ファティスが愛おしむように頬にくちづけ、耳孔に舌を差し入れてくる。それだけでも、体の奥底からぞわぞわと官能が立ち上ってくるというのに、その間《かん》、指でずっと乳首をこねくりまわされているものだから、たまらない。

「あ……ぁあ……んっ」

しかも、耳元で掠れ声で囁いてくる。

「ちょっときつくつまむぐらいが好きみたいだな？」

「やだ……そんなこと……」

「大事なことだよ？　リサのこと、奥の奥まで、もっと知りたい……」

きゅっと乳首を強く引っ張られる。

「ひゃ」

ファティスのもう片方の手がリサの淡い叢《くさむら》をすべり下り、濡れた秘所を覆って前後させてくるものだから、リサは嬌声を上げた。

「……ここをこんなに濡らして……俺を待ち望んでいる」

リサは下肢が蜜にまみれていることを恥ずかしく思っていたが、うれしそうなファティスの声を耳にして、全身のぞくぞくする感じが止まらなくなってしまう。

ファティスが指を差し入れ、中をくちゅくちゅとかき回してくる。そうしながらも親指でまたあの芽のようなものをさすってくる。

「あ……ふぁ……」

リサは目を瞑って口を開き、体をびくびくとさせた。

「そう……指も気持ちいいんだね？」

「あ……ぅん……」

「さぁ、リサはどこが一番気持ちいいのかな。ここ？」

ファティスがリサの中で指を鉤状に曲げ、少しずつずらしていく。ある一点でリサはびくんと腰を跳ねさせてしまう。

「あ！　ぁあ……そこ、だ……め……」

「だめじゃなくて、気持ちいいところなんだろう？」

「……え……ぁ……んっ……気持ちぃ」

ファティスが執拗にその一点を責めてくるものだから、たまらない。上掛けの中で熱がこもり、リサは体に汗をにじませ、はぁはぁと荒い息で快感を逃した。

「……中がひくひくしてきた。このまま達《い》ったらいい」

「やだ、そんな冷たい……一人じゃ……いや」

「リサ、実は俺も……」

喜びを含んだ声と同時に、リサはふわりと持ち上げられる。上掛けが取り払われ、着地したのは彼の膝の上だった。ファティスは身を起こして、ベッドに胡坐《あぐら》をかいていた。

リサは向かい合う形で体を開かれ、彼の腰を両脚で挟む。入れたままの指に違う角度から押され、リサはびくんと顎を上げて呻いた。

頭上から彼の甘い声が降ってくる。

「この角度も気持ちいいんだね?」

新たに見つけた快楽の源を、ファティスが指で突いてくるうえに、臀部の谷間を、彼の熱塊で押し上げられ、リサは「あぁ、あぁ」と、その音しか口にできなくなったかのように頭を揺らす。

気が遠くなり、このまま果ててしまいそうになったところで、指が抜かれた。それもまた刺激になり、リサは背を弓なりにしてぶるりと震える。

「リサ、待って。今すぐあげる」

ファティスがリサの腰を持ち上げ、屹立した剛直の尖端をリサの入口にあてがう。それだけで感じてしまい、リサは黄金の髪をふわりと振り乱す。

その瞬間、リサはファティスの腰に落とされ、小さく叫んだ。まるでお腹の中が彼でいっぱいになったようだ。

しかもファティスがさらに奥まで埋め尽くそうとするかのように、下から突き上げてくる。リサは手と脚でファティスの背にしがみついて頬を彼の胸板に押しつけ、喘ぐことしかできない。

「リサ、顔を見せて」

ファティスがリサを少し後ろに倒した、彼の腕で背中を支えられ、リサは薄く開けた目でファティスを見上げる。

ファティスがリサの半開きの口の中に、指を差し入れてくる。

「……ぁあ……リサ、きれいだ。灯りに照らされた青い瞳、そして俺の指をしゃぶる赤い唇。頬から鎖骨にかけては薔薇色に染まっている。……でもなんといってもこんなに美しい蕾はない」

リサは胸の頂を、ちゅうっと強く吸われる。

「ぁ……あん」

リサは下肢がむずむずして脚をファティスの腰にこすりつけてしまう。

「……く……また、そんなに締めつけて」

ファティスの唇がもう片方の乳首をべろりと舐め上げる。観察するようにリサの顔をのぞき込むファティスの視線に、リサはますます感じて、彼の雄を蠕動《ぜんどう》して締めつける。

「リサ……もう、俺、余裕……ない……」

と、苦しげに呻くやいなや、ファティスがリサの腰を持ち上げ、再びずんっと落とす。汗まみれの肌と肌がすべるように触れ合う。

「ぁ……ああ！」

リサは首を反らして喘ぐ。

ファティスがリサを抱き寄せ、リサの腹の奥まで突き上げてくる。そのたびに、くちゅりと卑猥《ひわい》な水音が立ち、圧迫されたリサの乳房の頂点が胸板でぬるりとこすれる。

それが何度繰り返されたときだったか、リサはファティスとひとつの塊《かたまり》にでもなったような感

覚に陥っていく。

――はぁ……はぁ……はぁ……。

口をぱくぱくと開けるがもう声は出ない。リサはだんだん、朦朧《もうろう》としていく。

「リサ……達《い》くならともに……」

そのとき、ファティスがリサの中に熱いものを注ぎ、リサはひくひくと中をうねらせ、彼の情熱を飲み干す。そのあと、とてつもない幸福感とともに、リサはぐったりとファティスに寄りかかった。


――リサ、俺がこの六年間、どれだけ君に会いたかったか、どれだけ苦しかったか、君は知らない。

ファティスはリサと繋がったまま、リサを仰向けに倒した。彼女とひとつのままでいたかった。

二回したというのに、飢餓感は募るいっぽうだ。彼女の中にずっと入り込んでいられたらどれだけ幸せか――。

ファティスは、リサの両側に手を突いて、じっと顔を見つめる。

リサは薄目で、唇を半開きにしていた。

いくら聖乙女とはいえ、心も体も普通の女だ。それは開花《アンシシ》する前からリサを知っているファティスにはよくわかっている。あまり無理をさせてはいけない。

だが、リサが目覚めたら、ファティスは再び求めずにはいられないだろう。

――だから、キスだって我慢していたんだ！

六年間、狂おしいほどに会いたくて、それなのに会えなかった、愛する女性《ひと》――。

発端は、全てファティスの未熟さゆえだ。

ファティスは追い詰められて、魔力を抑制する腕輪を無意識に破壊し、一気に大きな魔力を手に入れた。今まで見えなかったもの、ほかの世界まで見えた。

今いる世界の中で【移動】させても、あの匂いだ。すぐに見つかってしまう。当時は妖精の森のことも知らず、いきなり異世界転移させてしまった。

十六歳のファティスはそれが大がかりな魔法であることも知らなかった。ただ、リサを聖帝と父の手から逃《のが》す道が見えた。だから、魔法を使ってリサを異世界に逃した、ただそれだけだ。

――あとで、どれだけ自分を呪ったことか！

リサがこの世界から消えて、青水晶の指輪だけが残された。異世界転移は体しか移動できないのだ。それすらもファティスは知らなかった。

指輪というリサの指標を失っただけではない。果たして、リサが無事に転移できたのかどうかすら確かめる術《すべ》がなかった。

異世界転移させたあと、ファティスは意識不明に陥ったが、妖精たちの看病で再び意識を取り戻すことができた。すぐに自身を異世界転移させようと思ったが、失敗して再び昏睡状態に陥った。

リサもこんなふうに傷ついてしまったのではないかと思うと、自分の愚かさが口惜しくて涙が止まらなくなる。

妖精たちが支えてくれなかったら、ファティスは発狂していたかもしれない。

この一点において、養父には感謝しかない。ファティスが移動魔法を使ったように見せかけて、実のところ養父の魔術で、妖精の森の入口に飛ばしてくれたのだ。

——リサを取り戻したい。

その一心で、ファティスは妖精の森の図書館の魔法書を片端から読み、妖精から魔法について学べることは全て習得した。

四年も経つと、異世界と妖精の森を行き来することができるようになったが、リサがどこにいるのかは検討もつかない。

いつかリサが自分を呼んでくれる、そう信じて、リサが望んでいた道を歩もうと決めた。すなわち、聖殿の子どもたちを解放することだ。

そのために、魔法で聖職者に身をやつし、聖殿に潜入した。子どもたちをこき使っている女官ラミアの裏に聖帝がいることはすぐわかった。そしてその二人を繋ぐ幾人かの魔術師たちについて調べあげた。

その間も、リサが呼んでくれるのを待っていた。

だが、夜になると不安が襲ってくる。

——なぜリサは自分を呼んでくれないのか？

異世界はこの世界とはあまりにも違う世界だ。ファティスのことを忘れてしまったのではないか。

――それならまだいい。もし、異世界転移がうまくいかず、落命していたら――。

想像しただけで、ファティスは身が引き裂かれそうになる。

だが、せめて、リサの夢だけでも叶えたい。リサは自身が身売りされそうなときも、自分の助けよりも、聖殿の子どもたちが解放されることを望んだ。

そんなある日、リサがファティスを呼ぶ声がした。一瞬、頭が狂って空耳を聞くようになったのかと思ったが、確かにリサの魂から発せられた言葉だ。

ファティスはすぐに異世界に駆けつけた。リサは日本という国にいて、顔は違ったが、ファティスにはわかる。奇しくも名前まで似ている。理沙はリサだ。そしてまた他人《ひと》のことを考えている。

再会したときのことを思い出すと、今でもファティスは泣きそうになってしまう。もう二度と会えないと思った、愛しい女性《ひと》に再び会えたのだ――。

「……ぁ……う」

ファティスの性を腹の奥に埋め込まれたままのせいか、リサが小さく喘ぎ、彼を締めつける襞がうねった。

「……く」

あまりの気持ちよさに、ファティスのほうが声を上げてしまう。ファティスの下肢が再び熱を取り戻してきた。

「……ファティス？」

リサが物憂《ものう》げに片目だけ少し開けた。

──可愛い……。

リサの中でファティスの熱杭が質量を増すと、リサは両目をぎゅっと瞑って「ぁん」と一段高い声を上げて小さな口を開けた。

──可愛すぎる。

六年の間に、リサの体は大人になっていて、豊満な胸の頂にある小さな桜色の飾りはつんと上向いている。

──挿れたままだから、体が敏感なんだ。

ファティスはリサの乳房をすくうように手で覆い、親指で乳首を撫でて愛おしむ。そのとき、ファティスが前のめりになったことで、ぐっと深く剛直が押し込まれたせいか、「あ……ファティス……っあ」と、リサがシーツを掴んで身をよじった。乳房がふるりと揺れる。

正直、こんな媚態《びたい》を目前にして三度目を我慢できるだろうか。いや、無理だ──。

「リサ……もう一度、いいな?」

「え?　ええ?」

リサが戸惑っている。

「いや……なのか?」

「ううん。起きたとき、繋がったままで……うれしかった」

リサが恥ずかしそうにそう言った瞬間、ファティスは止まらなくなった。彼女の腰を掴み、ぎりぎりまで自身を引き出すと、一息に全てを埋め尽くす。乳房が大きく揺れた。

「ぁあ！」

ふたつの乳房を揉みしだきながら、ファティスは抽挿を加速させる。

「ぁ、あ、あ、ぁ、あ」

律動に合わせせるかのようなリサの嬌声に、ぐちゅぐちゅと、交合の水音がかぶさる。

リサが両手を伸ばしてくる。

「ファティスと触れ合いたい……」

——勘弁してくれよ！

「リサ、リサが愛おしすぎて頭がおかしくなりそうだ！」

ファティスはそう言い放つと、リサのお望み通り、上体を倒して、肌に肌を重ねた。乳房の頂がこすれて刺激になるらしく、「あっん」と声を漏らして、リサが身をよじり、蜜壁がひくついて止まらなくなる。

リサが絶頂へと昇り始めたのだ。こんなふうに締めつけられたら、ファティスの欲望は、ふくれあがって今にも爆《は》ぜそうになってしまう。

「リサ……最後は顔を見たい……」

身長差のせいで、リサの顔が首のところにあり、ファティスは少し上体を起こすことで、リサの顔が見えるようにした。

顔を赤らめてぼうっとしていたリサが、ファティスと目が合うと、ふにゃっとやわらかな笑みを浮かべた。

——可愛いぃ！

ファティスはそのとき、リサの中で弾けてしまう。

「あ……ファティ……」

リサもそれを感じ取ったようで、彼の白濁を全て飲み干すかのように締めつけて彼の雄を引き留めたかと思ったら、ばたりと全身の力を失った。

さすがに三連続で、ファティスは、はぁはぁと荒い息を吐きながら、彼の性を抜く。ファティスの顎から一粒の汗が、リサの下腹に滴《したた》り落ち、リサの汗と入り混じった。

ファティスは、どさっとベッドに仰向けになってリサを抱き寄せ、瞼を閉じる。こんなに幸せな眠りに就《つ》いたのは生まれて初めてかもしれない。

リサが朝起きると、ベッドは窓から入る日差しに照らされていて、部屋にはファティスがいなかった。

——昨日のことは夢じゃないわよね？

その証拠に、リサは裸のままだし、リサを覆う大きな上掛けはファティスのいた右隣だけ、少し浮かんでいる。

リサは自身の指輪に目を落とし、また強く願って呼ぼうかと思ったが、何か用事があってのことだといけないと思い、寝衣にガウンを羽織って、ファティスの部屋を訪れた。

扉をノックしただけで、いつの間にか、リサはファティスの部屋の中にいた。

――こういうの、もう驚かなくなったわ。

ファティスは最近、息をするように魔法を使う。

「リサ、おはよう。どうした？」

朝陽の中で服どころか腰に剣まで携えたファティスが爽やかな笑みを浮かべていた。昨晩の橙の灯りに照らされて、艶《つや》めいた眼差しを向けるファティスと同一人物とは思えない。

「ど、どうしたって……朝、起きたらファティスがいないから……」

彼がまぶしすぎてうつむくと、ファティスに腰を抱き寄せられる。

「いないから？」

ファティスが下目遣いで続きを待っている。

――昼間は少し傲慢だわ……。

「……寂しかった……」

リサは少し口惜しく思いながら、視線を上げる。

すると、ファティスが困ったように微笑んでいた。

「俺も……でも、リサにあまり無理をさせてはいけないと思って……」

リサは頭頂にくちづけられる。

「そ……そんな無理だなんて」

「無理じゃないなら、ほんと、俺、一日中ぶっ続けでもいいよ？」

「い、一日中？」

「うん。三日でも一週間でもいいよ？」

ファティスが爽やかな笑みですごいことを言ってくるものだから、リサはたじたじになって視線を逸らした。チェストの上に置いてある銀縁で額装された女性の肖像画が目に入る。ファティスに似た、黒髪で青い瞳の凛とした美しい女性だった。

「ファティス、あの肖像画、もしかして……お母さん？」

ファティスはリサの腰を抱き寄せたまま、片手を伸ばして、小さな肖像画を手にした。

「ああ。母が若いころの肖像画だそうだ。ディンラスは母の肖像画を全て廃棄したけれど、若いころのものを父が持っていて……」

――父……！

いつの間にか、ファティスが青の大公を当たり前のように父と呼ぶようになっている。リサは心の中にじんわりと温かな気持ちが広がっていく。

青の大公が、独身を貫いたのはファティスの母親が忘れられなかったからなのだろう。

――ファティスもリサを忘れないでいてくれた。

リサは、じんわりとにじんできた涙をファティスにばれないようにうつむいてぬぐった。

「リサ、俺はリサを迎えに行ったとき、自分のことしか考えていなかった。リサはリサであっちの生活があったんだろう？　物の行き来はできないから、形見をこっちに持ってくることはできないけど……何かやり残したことがあるんじゃないか？」

「……ファティス……」

リサは自室のベッドでファーガルを呼んだときの絶望的な気持ちを思い出した。母を亡くし、店長にセクハラをされたあのとき――。

でも、セクハラをされて会社に行きたくなくなって、いやだったのは、あの会社に就職できて母親が喜んでくれたからだ。母の喜びも店長に穢《けが》されたような気になった――。

「……私、母のお墓参りに行って、ちゃんとお別れを告げたいわ」

「そうか……わかった。行こう」

ファティスが向き合って両手を握ってくる。

「え？　もしかして……今⁉」

「ああ。リサにたっぷり魔力をもらったし……」

ファティスに含意のある微笑を向けられ、リサは狼狽《うろた》えてしまう。

――エッチしたら相手が元気になるって、ほんと、なんなの、私の魔法……！

「行くよ。【転移】」

最終章　ふたつの世界

「きゃ！」

気づいたら、リサは懐かしい日本の自室で、ファティスと手を繋いで立っていた。

もちろん、素っ裸で――。

「き、着替え……」

リサはそう言ってチェストに向かおうとして、はたと気づいた。

「あ、魔法で服、着せてくれるよね？」

「あぁ……でも、俺、転移で魔力を使い果たした……」

確かに、ファティスが疲れた様子である。

「そ、それより、なんで私の部屋、あのときのままなの？」

ファティスが部屋を見渡す。恥ずかしいことに、好きなアニメキャラクターであるファーガルのポスターだらけである。

「それはリサが亡くなったんじゃなくて、行方不明なせいだよ。だから部屋が元のままになっている。邪魔者は来ないよ？」

ファティスが背を屈めてくちづけてくる。

「こっちの顔も可愛いよ？」

――そういえば！

リサは机の上に置いていた小さなスタンドミラーをのぞき込む。懐かしい日本人の顔だ。鼻をさわると低くなっている。

「変な感じ……日本人の私がファティスと？」

「どんな姿形をしていても、俺とだけだ」

ファティスの顔が近づいてくる。舌が入り込んでくる深いキスだ――。

二人とも何も身に着けていないものだから、リサも淫《みだ》らな気持ちに傾いていく。それに、早くファティスを回復させてあげたい。

「こっちの世界でも……私、回復魔法を使えるの？」

ファティスがハッとした表情になった。

「今、回復したくてキスしたんじゃないよ？　俺、いつだって、どうしようもなくリサと繋がりたくなるんだ。リサは違うのか？」

「え、わ、私も同じだわ……」

そう答えてリサが上向くと、彼の後ろに彼がたくさんいる。

「でも、この部屋……ファーガルのポスターだらけだから、たくさんのファティスに見られているみたいで恥ずかしい……かも」

「わかった……」

ファティスがあっさり納得してしまった。リサが少し残念に思ったところで、くるっとドアのほうを向かされる。

——え？

ファティスがリサの黒髪を片側に寄せて、背後から耳たぶを甘噛みし、片手で両乳首を同時に指で弾いてくるものだから、リサはドアに手を突き、「ぁん」と声を上げてしまう。

「こうしたら……俺に似た男の絵なんて見えないだろう？」

——わかったって、やめるって意味じゃなかったの⁉

リサは驚きつつも、喜んでいる自分がいることに気づいていた。

「……リサ……何度繋がっても、俺、まだ足りないって思ってしまうんだ」

——私もそうかも……。

ファティスの手は大きく、片手でふたつの乳房を揉んでくる。

「少し小さな胸もいいな……ていうか俺、リサならなんでもいいんだ……」

そんなことをひとりごちて、ファティスがもう片方の手をリサの腹部に回り込ませ、お腹をすべり下りてそのまま下生えの中の敏感な突起をいじり始める。リサがとろりと垂らした蜜が零れた先は雄芯だった。彼の性はすでに猛《たけ》っていて、リサの双丘の谷間を圧迫していたのだ。

「……ふ、ふぁ……あ……」

リサがぎゅっと目を瞑って、こめかみをドアに押しつけたとき、ファティスが掌で股ぐらを丈えてぐっと持ち上げる。リサは臀部を突き出すような体勢になった。背後から熱杭がリサの路《みち》を押し開くようにのめりこんでくる。

「リサ……愛してる……俺の女神……」

そんなことを言われても、リサはもう女神のために死んだファーガルと重ねて、ファティスの死を怖れたりしない。ファティスはファーガルとは違う。

「……ファティス!」

「……リサ」

リサの中を雄芯で埋め尽くしたまましばらく止まっていたファティスが再び、出し入れを繰り返す。そのたびにぐちゅぐちゅと音が立ち、リサの太ももを蜜が伝っていく。

「あ……ふぁ……んっ……あっ」

ファティスが腰をぶつけてくるたびに、リサは胸と蜜芽を同時に手でこすられ、下腹の奥からじんじんと甘い痺れに侵食されていく。脚ががくがくとして立っていられなくなったところを、ファティスが腹に腕を回して支えてくれた。

「……リサ……そろそろだな」

掠れた声で囁かれ、耳元に彼の熱い息を感じ、リサがぶるりと震えたところで、激しく抜き差ししていたファティスがゆっくりと退《しりぞ》いたかと思うと一気に奥まで貫いてくる。

「……あ、ああ!」

リサは崩れ落ちそうになるが、ファティスに腋下を支えられ、そのまま背を反らしてファティスにもたれかかった。朦朧《もうろう》としていると、ファティスに抱きかかえられ、ベッドまで運ばれる。

気持ちいいと思ったら、ベッドの上でファティスの膝枕で寝かせられていて、彼が手櫛《てぐし》でリサの黒髪を梳いてくれていた。リサはいつの間にか召替魔法にかけられていて、長袖のワンピースを着ている。ファティスは長袖Tシャツにスーツジャケットを羽織っていた。

――こういう服も似合う。

シンプルな服装が却って彼の美しさを際立たせていた。

リサが見惚《みと》れているとファティスと目が合う。

「起きた？」

そう尋ねるファティスの横に、ファーガルの抱き枕が転がっていて、リサはぷっと笑ってしまう。

「何か可笑《おか》しかった？」

「うん。今思えば、アニメでファーガルを見たことで、ファティスを思い出せたのかなって。ファーガルのおかげね」

「そうか……。でも、俺に似た男に夢中になっていたってことは、リサがずっと俺を求めていたってことだろう？」

胡坐《あぐら》をかいているファティスが腰を屈めてリサの額にキスを落とした。

リサは部屋中に貼ってあるファーガルのポスターを見渡す。

「そう……確かにそうだわ。ファーガルを初めて見たとき、いきなり胸を鷲掴みにされたもの。心の奥底でいつもファティスを探していたんだわ」

リサは改めてじっとファティスの凛々しい顔を眺めいる。

その後、ファティスが、母親の墓がある霊園に【移動】させてくれた。

リサの母には弟妹がいるので、墓はきれいに清掃されていた。自分がいなくても母親がひとりぼっちにならないようでリサは、ほっとする。

ファティスが手桶から柄杓《ひしゃく》で水をすくい、墓石の上から水をかけた。

リサは母親の墓前で花立に花を供え、手を合わせる。ファティスもリサに倣《なら》った。リサが合掌礼拝を終え、顔を上げると、ファティスが手を繋いでくる。

「この花は魔法で作り出したから、俺たちが元の世界に戻ると消えてしまうんだ」

リサはファティスと歩き始めた。

「いいの。母は亡くなっているから、物よりも心のほうが伝わると思う」

そう言ったものの、リサは未だに母が亡くなったなんて信じられない。母親が今すぐにでも『リサ、久しぶり』と、笑顔で現れるような気さえする。

——ファティスのことを知ったら、ママはなんて思うかな？

きっと、『リサは幸せになるのよ』と、喜んでくれたことだろう。

そして今になって急に懐かしく思い出されるのが、同じアニメにはまってSNSを通じて知り合った仲間たちだ。オフ会では、好きなキャラクターについて話が尽きなかった。

「私、もうこの世界で忘れられているんだよね……」

スマートフォンとパソコンは行方不明者の手がかりとして押収されているのか、部屋の中で見当たらなかった。

「……そうでもないみたいだよ？」

ファティスが指差したのは、霊園の管理事務所で、その前の掲示板に張り紙があった。

「21歳の女性を探しています」

その張り紙に使われているリサのアップの画像は、オフ会で、同じアニメが好きな仲間と撮ったときの写真からトリミングされたものだ。

「嘘……だって、三回オフ会しただけで……ＳＮＳだけでの繋がりだったのに……」

管理事務所の中から霊園の事務職らしき年配の男性が出てくる。

「もしかして、水嶋理沙さん？」

「え？　ええ」

「この張り紙を持ってきたお友だちから、水嶋さんが墓参りに現れたら渡してほしいと託されたものがあってね。ちょっと待っててくれるか」

そう言って彼が事務所から取ってきたものは、封筒だった。

リサが封筒を開けると、ＳＮＳアカウント名とともに手紙がいっぱい入っていた。

『ほかの沼にはまってるならそれでいいけど、行方不明って？　みんな心配しています。無事かどうかだけでも知らせてください。力になれることがあったらなんでも言ってほしいんです。だって、私たち同じ沼の戦友でしょう?』

『ジュエリーショップで店長にセクハラを受けた子が行方不明ってニュースを見て、もしやと思ったんだけど、理沙じゃん! ファーガルが死んだショックでSNSに書き込まなくなったのかと思ってたけど……大変だったんだね』

ファティスが「【移動】リサのスマホ」とつぶやくと、彼の手の中に、理沙のスマートフォンが現れる。

「ど、どこから?」

「リサの使っていたスマホは警察署にあるみたいだから、近くのお店から同じ機種をちょっと拝借」

「え? ええ? じゃあすぐ返さないと……。でもスマホさえあれば、SNSは見られるわ」

リサはパスワードを入力して、自身のSNSのホーム画面を開いた。リサが最後に書き込んだ『推しがいなくなったので、ほかの世界に旅立ちます』というツイートに心配する返信がたくさん付いている。

ひとつひとつ読んでいくうちに、リサの瞳に涙が溜まっていく。スマートフォンに零れそうになったので、リサは袖で涙をふいた。

「……私、この世界にも居場所があったんだなぁ」

ファティスが無言でリサの肩を抱いてきた。

リサはファティスの温もりに包まれて、久々にSNSに書き込む。

『皆さん、心配してくださって、ありがとうございます。そして心配させてしまって、本当にごめんなさい。実は私、ファーガル似の男性と出会って、違う国に行っていました』

それを見て、ファティスがこんなことを言ってくる。

「もとはといえば……好きな男に似たキャラクターを、リサがこっちで見つけたんだ。俺が先だ」

ファーガルと張り合うファティスが可笑《おか》しくて、リサは小さく笑い、続きをタップする。

「墓地で張り紙を見ました。こんなに気にしてくれる方がいるなんて思ってもいませんでした。ご心配かけて申し訳ありません。『神々の暁』にはまって、皆さんの優しさに触れることができて、本当によかったです。今までありがとうございました」

それからひとりひとりに返信していった。

その後、ジュエリーショップ名で検索したところ、店長はリサ以外の女性にはセクハラどころか性的暴行を加えていて、監視カメラによって、被害の全容が明らかになったようだった。襲われかけた被害者のうちの一人である理沙が行方不明なものだから、世間では、理沙の失踪《しっそう》の原因は店長のセクハラということになっているようだ。

――まあ、この世界がいやになった大きな要因ではあるから、外れてはいないわ。

リサも、あのとき店長に足を引っかけて倒さなかったら危ないところだった。今になって思えば、強くなりたいと思って剣道部に入ったのも、意識下に、聖帝に襲われた恐怖があったからかもしれない。

「リサ、もう心残りはない？」

ファティスにのぞき込まれて、理沙はスマートフォンの画面から顔を上げる。

「うん。もう大丈夫。ありがとう」

ファティスが満足げに小さく頷いた。

「じゃあ、スマホを元に戻して、俺たちは帰るぞ？」

帰る、そうだ、帰るのだ。前は異世界に行くと思っていたけれど、今は帰る場所になっている。

「うん。帰ろう」

帰ろう。二人で帰ろう。リサが生まれ、そして、ファティスと出会って結ばれた世界へ――。


一ヵ月後、リサはファティスと、聖帝の城の庭園を開放し、そこに集まった民衆の前で結婚を宣言することになった。これで二人は正式に、聖帝と聖妃となる。こんなセレモニーは今までにないことで、今後は次期聖帝選定の儀をやめるという決意の表明でもあった。

次代の聖乙女が、閉じられた空間ではなく、開かれた空間で伴侶を選べるようにしようと、二人は心に決めていた。

リサは、ウェディングドレスのような白いドレスに身を包む。華美にするつもりはなかったが、普段着というわけにはいかないと、城付きの侍女たちに説得され、腰に巻く帯は宝石が縫い留められたもので、頭にかぶるベールは精緻な花柄の総レースである。

リサはそのレースの上に、聖妃に代々伝わるティアラを戴いたが、ファティスは前聖帝と同じ王冠をかぶりたくないと、頭に何もつけずに普段着のような格好で臨んだ。

ファティスに手を引かれ、リサは聖帝の城の三階にあるバルコニーに出る。

そのとき、ファティスが顔を後ろに向けた。

そこには、感動の面持ちで二人を見守る青の大公カリトンが控えていた。

ファティスは、カリトンに向かって小さくお辞儀をしてから、リサと並んで欄干のほうまで歩《ほ》を進める。

とたん、わーっと大きな歓声に包まれた。眼下の庭園は広大なのに、正門のほうまで人で埋めつくされている。

——こんなにたくさんの人が集まってくれるなんて……！

リサは高貴な家に生まれたわけではないので、喜びよりもプレッシャーのほうが大きい。緊張のあまり固まっていると、ファティスに抱き上げられた。

「きゃっ」

すると、歓声がより一層大きさを増す。

「もう、ファティス、びっくりしたわ。みんなが見てるし……」

リサはちらっと背後を見やる。カリトンが少し驚いた顔をしていた。

「お父様もいらっしゃるでしょう？　下ろして」

リサがファティスの肩を突っぱねて背を反らすが、ファティスは下ろそうとしない。

「みんなが見てるのがいいんだよ。俺たちが愛し合っていることを世界中に知らしめるんだ」

「え、ええ？」

戸惑うリサの頬に、ファティスがちゅっと軽いキスをしてくる。

いよいよ集まった民衆は大盛り上がりだ。

「ほら、俺たちが仲良くしたほうがみんな、喜ぶよ？　リサ、みんなに手を振って？」

ファティスが少し瞼を落とし、傲慢な笑みを浮かべた。正直、リサはこういうファティスの表情に弱い。

――って、何見惚《みと》れてるの、私。

ファティスの横顔をずっと見ていたい気持ちをなんとか断ち切り、リサは民衆に向かって手を振った。

しばらくしてから、ファティスが囁いてくる。

「せっかく、俺みたいに魔力の強い男が聖帝になったんだから、みんなに見せてあげないとな？」

「へ？」

――もしかして……？

「【召喚】出《い》でよ、ペガサス！」

――やっぱり！

ペガサスの嘶《いなな》きが聞こえてきて、リサが動揺していると、ファティスがニッと片方の口角を上げた。こういう表情もいい。

――じゃなくて！

「ちょ、ちょっと、お父様もいらっしゃるし、挨拶の途中で抜けるのはさすがに……きゃっ」

ファティスがリサを肩に担いで、バルコニーの欄干に跳び上がったかと思うと、翔んできたペガサスに乗り移った。

もちろん、眼下の民衆たちの盛り上がりは最高潮に達する。年配の者たち以外はペガサスを見ること自体が初めてだった。

ファティスがペガサスの背の上で、自身の前にリサを座らせ、城の上空を旋回する。地上の人たちが米粒くらいの大きさになった。リサはファティスのほうを振り仰ぐ。

「ちょっと、ファティス、調子に乗りすぎじゃない？」

「もう会えないかもしれないと思ったリサと結婚できたんだから、このくらい浮かれてもいいだろう？」

黒髪を風になびかせ、ファティスがなんのてらいもなく、こんなことを言ってきたものだから、理沙は、ずっきゅーんと、胸を撃ち抜かれる。

「え、ま、まぁ……私なんて、浮かれるどころか、まだ信じられないくらい……よ」

——ファティスはずるいわ……。

そう思ってリサが前を向くと、小さな妖精《ニンフ》が目に入った。翅《はね》を広げている。

——あれは、ソフォクレスに伝言しに来てくれた妖精だわ。

「ファティス、妖精よ！　何か伝えに来てくれたんじゃないかしら」

と、リサが指差したところにはもう妖精はいなくなっていた。ペガサスのスピードが速いものだから、妖精を通り越してしまったのだ。

「え？」

ファティスが後ろを向いて、妖精を見つけると、すぐにペガサスが引き返して、空中で止まった。目の前にあの小さな妖精がいる。

「あぁ、やっと見つけてくれましたね。どうも若いお二人はお互いのことしか目に入っていないようで……」

その瞬間、妖精があの三日月型の目になって、くははと楽しそうに笑った。

——こんな小さな妖精までおばちゃんっぽいなんて……！

リサは噴き出しそうになる。

——妖精の森、懐かしいわ。ディミトリアは相変わらずかしら。

妖精の森を出てから、あまりにいろんなことがあったので、あの平和な日々が、二、三ヵ月前のことだとは思えなかった。

「女王のお使いか？　何か伝えたいことがあるんだろう？」

ファティスが話しかけると、妖精がぴんと背を伸ばして、少し頭を下げ、仰々《ぎょうぎょう》しく挨拶してくる。

「ええ。パナギオティス様からのお祝いの言葉です。おめでとう、せいぜい子作りに励むがいいわ。また遊びに来て仲いいところを見せつけてね、とのことです」

ファティスが苦笑いをしていた。

「そうか。では、私も伝言を頼む。女王には、私、ファティスの命を救って四年間育み、そして、再び訪問したときには、リサとソフォクレスと三人で過ごす貴重な日々をお与えくださったことに感謝申し上げると。今度は身を隠すためではなく、皆様とお会いするために訪れたい」

──ファティス、そんなふうに思っていたのね。

確かにファティスにとっても、リサにとってもあの妖精の森で過ごした日々は、唯一青春と呼べる日々だったのかもしれない

「わかりました。では、ファティス、リサ、お幸せに！」

そう言って、くるりと宙を舞うと、妖精は去っていった。

「あ、しまった……」

空中で翼を上下させ、止まったままだったペガサスに気づいたファティスが急にペガサスを旋回させる。ペガサスの翔ぶ姿を皆に見せるのが目的だったことを忘れてしまっていた。

再び風を切って飛翔しながら、ファティスが語りかけてくる。

「リサ、こんなところで話すことではないかもしれないけれど、俺、カリトンが俺の本当の父親だということは胸にしまっておくつもりだ。第一魔術師イオエル・アンディーノの子のままでいようと思う」

ファティスの顔は真剣そのものだった。

「そう、それはなぜ？」

ファティスは、リサ以外の人の前では、一大公としてカリトンに接しているが、ほかの人がいないときはカリトンを父と呼んで慕っていた。父母が愛し合って生まれたとはいえ、父親がカリ

トンだと明かすと、不義の子だと思われてしまう。それを避けたいのだろうか。

　だが、ファティスの考えはリサの予想とは違っていた。

「前聖帝ディンラスの野望というか、悪事は、白の公国《アスプロス》に聖乙女の血が長きにわたって入らなかったことが要因だ。こんな悲劇を二度と繰り返さないためにも、白の公国に、聖妃の血を引いた大公を授けたほうがいいと思うんだ。でも、これはあくまで俺の意見。聖妃が産めるのは男児一人だけだから、リサが決めてくれないか」

「……ファティス、あなた、そんなふうに考えていたのね」

　ファティスの息子が青の大公になったほうが、カリトンが喜ぶだろうし、ファティスとて、本音では青の公国《カタガーラノス》を統べてほしいところだろう。だが、白の公国の民のことを想うと、そのほうがいい。

　――私利私欲で動かないファティスらしいわ。

「そうね。私、まだ子どもとかピンと来ないけど、大公家は魔力を使うことで公国を平和に統治してきたんでしょう？　白の公国の今の状態はおかしいと思うから、賛成するわ。でも、成人してからよね？　本人の意思も尊重しないと」

「ああ、その通りだ」

　ファティスが満足げに左右に口を広げた。

「よかった。だって、大人になるまでは、ファティスと三人で暮らしたいもの」

　背後からファティスが抱きしめてくる。

「そうだな。俺たち、絶対死なないようにしないと。俺たちの子は愛情いっぱいで育てような？」

「うん……そう、そうね。私たち、絶対長生きして、孫どころか曾孫《ひまご》まで見守りましょうね」

ファティスとの子が白の大公になれば、魔力が枯渇した白の公国に大いなる魔力をもたらすだろう。

二人の子なら、きっと白の公国を選んでくれるだろうと、リサは直感していた。

その後、聖都では、聖帝と聖妃が相乗りしたペガサスが空を翔《か》ける姿が日常的に見られるようになり、聖都の新しいシンボルとなる。

仲睦まじい夫妻の姿は、民に時代の移り変わりを印象づけた。


一人で出かけるときは、ファティスは乗り慣れたドラゴンを愛用している。が、たまに、ふらりとグリフォンに乗って空へと飛翔することがあった。

聖都の空を黄金のグリフォンが滑空する。

そんなとき、空を見上げて、リサは思う。

ファティスは今、一人じゃない、と――。

彼はグリフォンに亡き父を乗せているのだ。

ファティスを育《はぐく》み、聖帝を裏切ってまで養い子を逃がした養父への感謝をファティスは生涯、忘れることがなかった。

あとがき

初の異世界ものです。

異世界ものを書くのを避けてきたのにはわけがあって、子が転移していなくなったら、残された親がどれだけ悲しむか、その一点に尽きます。なので、親を亡くしてからの異世界転移です。

今回、編集の方から異世界ネタを振っていただいたとき、新しいことにチャレンジできるという喜びと、私に書くことができるのか、という不安が同時に湧き上がりました。

書き始めると、不安のほうが大きくなっていき、ちゃんと完結させることができるのか⁉と、自分に問いかけては真っ青みたいなのを繰り返しておりました。

特に困ったのが魔法を使って戦うって？　ということです。

ビームとか発して相手をやっつけるとしたら、それはもう違うジャンルですよね。超能力者ものみたいな。

それで、何かすごい獣を召喚して敵をやっつければいいんじゃないか、とか、剣で相手を倒すのが基本でも、魔法で相手を動かなくしたり、少しワープしたりして、戦う上で有利になればいいんじゃないか、とか苦肉の策を考えました。

そして、一番困ったのが呪文！

マンガだとルーン文字などが書き文字で書いてあったりするんですが、ルーン文字とか知らんがな、みたいな感じで、ひねり出したのが【】で魔法の内容を括るという方法です。ビジネスメールやツイッター以外の【】の使い方発見！　なんとこれがあると！　【転移】と、四文字だけで呪文が済む！　これはお得！

思いついたときはイケる！　と思ったんですが、ファンタジーというジャンルでは、この書き方は非常識なのでは……と、だんだん不安になりました。が、初稿を提出したとき、編集の方につっこまれなかったので、多分大丈夫……大丈夫なのだろうか。

お読みになってくださった皆さま、大丈夫でしたか⁉

完成しても不安だらけですが、このお話の本筋はファンタジー設定ではなく、いつもと同じく、ヒロインはハイスペックイケメンに思いっきり愛されるがいいよ！　ということなので、そこを楽しんでいただければ幸いです。

不安だ不安だとばかり書いてしまいましたが、異世界ものって、俺がルールだ！みたいな感じで設定の自由度が高く、そういう意味では楽しめたように思います。

本書を手に取られた皆さまにも楽しんでいただけたなら、望外の喜びです。

最後に、素敵な衣装を考え出し、かっこいいヒーローと美形のライバル、そして可憐なヒロインを描いてくださった、蜂不二子先生に感謝申し上げます。

藍井　恵

蜜猫 Novels

● 好評発売中 ●

スキャンダラスな王女は
異国の王の溺愛に甘くとろけて

Novel すずね凜
Illustration Fay
四六版 定価:本体1200円+税

平凡なOLがアリスの世界にトリップしたら
帽子屋の紳士に溺愛されました。

Novel みかづき紅月
Illustration なおやみか
四六版 定価:本体1200円+税

不埒な海竜王に怒濤の勢いで溺愛されています!
スパダリ神に美味しくいただかれた生贄花嫁!?

Novel 上主沙夜
Illustration ウエハラ蜂
四六版 定価:本体1200円+税

人生がリセットされたら
新婚溺愛幸せシナリオに変更されました

Novel 華藤りえ
Illustration すがはらりゅう
四六版 定価:本体1300円+税

年下王子は最凶魔術師
世界征服より
溺愛花嫁と甘い蜜月ですか

Novel 白石まと
Illustration ことね壱花

四六版 定価:本体1300円+税

契約結婚だと思ったのに、
なぜか王弟殿下に
溺愛されています!?
竜騎士サマと巣ごもり蜜月《ハニームーン》
小桜けい
Illustration
なおやみか
蜜猫Novels

契約結婚だと思ったのに、なぜか
王弟殿下に溺愛されています!?
竜騎士サマと巣ごもり蜜月(ハニームーン)

Novel 小桜けい
Illustration なおやみか

四六版 定価:本体1400円+税

家のため意に添わぬ結婚をしようとしていたユリアナは文武に優れ竜騎士団長でもある王弟アレックスに「愛のない結婚ができるなら」と婚約者の鞍替えを申し出られる。いやに熱心な彼に押し切られる形で承諾してしまったユリアナ。お飾りの妻かと思いきやアレックスは彼女を愛していると告げ溺愛してくる。「感じやすいな。可愛くてたまらない」優しく愛され彼の言葉を信じ始めた頃アレックスには秘密の恋人がいるという噂が流れ!?

Mitsuneko Novels

蜜猫novelsをお買い上げいただきありがとうございます。
この作品を読んでのご意見・ご感想をお聞かせください。
あて先は下記の通りです。

〒102-0072　東京都千代田区飯田橋2-7-3
(株)竹書房　蜜猫novels編集部
藍井恵先生 / 蜂不二子先生

異世界で推しの溺愛が止まりません！
転移したらめっちゃ愛されヒロインでした♡

2020年5月16日　初版第1刷発行

著　者　藍井恵　©Ai Megumi 2020

発行者　後藤明信

発行所　株式会社竹書房
〒102-0072 東京都千代田区飯田橋2-7-3
電話　03(3264)1576(代表)
03(3234)6245(編集部)

デザイン　antenna

印刷所　中央精版印刷株式会社

Printed in JAPAN
ISBN978-4-8019-2315-7　C0093

この作品はフィクションです。実在の人物・団体・事件などには関係ありません。